集英社オレンジ文庫

ななつぼし洋食店の秘密

日高砂羽

目次

ななつぼし洋食店の秘密

〜幸せを運ぶオムライス〜

「では、あとは、お若いふたりでごゆっくり」

見合いの席につきもののひと言を残すと、十和子の親戚にあたる侯爵夫妻は部屋を去っていった。

廊下を遠ざかる足音が聞こえなくなると、心持ち頬を引き締めて座卓の向こうの男を見つめる。彼は十和子の視線に気づいていないのか、座敷から見える侯爵邸の庭に顔を向けていた。

桃の花びらが点々と散った庭の半分を占める翡翠色の池には、金魚や鯉が踊るように泳いでいる。邸そのものもすばらしい。古木の趣をたたえた柱や梁に、金粉を散らした山水画が描かれた襖などあちらこちらに手がかかっている。

（さて、さっさと話をつけてしまうに限るわ）

そうしないと、卓上に並べられたおいしそうな料理に集中できない。帝都でも有名な料亭から取り寄せたという仕出し料理の数々は、箸が迷ってしまいそうな盛りつけの皿ばかりだった。

十和子はすっと立ち上がった。

ぼかしで描かれた桜が咲く着物と蝶が舞う帯は可憐で、裾さばきにも自然と気をつかう。

前髪を七三分けにした耳かくしには、銀と真珠で蝶を模った洋風簪。

勝負のひとときを演出する華やかな格好で、いきりたった気持ちをこらえながら座卓を回ると、男のそばに寄る。斜め前に座ると、彼は蛤（はまぐり）の吸い物が入った椀を持ち上げかけていた手を止めた。

「何か……？」

訝（いぶか）しげに問われたが、聞き流して彼をとっくりと観察する。

顔立ちは精悍（せいかん）どころか野性的とさえいえる。濃い色の肌に、頬骨の張った輪郭。こちらをじっと見つめる目はやや逆三角形をしていて、チンピラ風情（ふぜい）は眼力だけで撃退できそうだ。肩幅が広く、仕立てのよさそうなグレーの背広がよく似合っているが、運転手がはめるような白手袋を決してはずそうとしないのが不思議だった。

「何か言いたいことがあるなら、はっきり言ってくれ」

抑揚のない声は感情の露出を極力抑えようという意志の力が秘められている。

十和子は自分の緊張をやわらげるためにも、にっこりと微笑（ほほえ）んだ。よくも悪くも、のんきものに見られる眦（まなじり）の少し垂れた二重の目を細めると、男は拍子抜けしたようだった。

「桐谷（きりたに）さん、この際、お互いに本音を明らかにしませんか？」

「本音？」

警戒したように繰り返されて、十和子は大きくうなずく。

「ええ、本音。わたしが結婚相手にお願いする条件は、もう兄から聞いていらっしゃると思いますけれど」

用心深く彼の表情の変化を探るが、桐谷は気分を害したふうでもなくうなずいた。

「あれか。君のすることに干渉するなというやつか」

「ええ、そうです」

十和子は肩から力が抜け落ちていくのを感じつつ、頭を何度も縦に振る。

結婚なんかしたくないのが本心だが、それが無理なことは重々承知している。元は大名であり、明治に入って伯爵の爵位を賜（たまわ）った華族である朝倉（あさくら）家令嬢の十和子には、昨年卒業した女学校に通っていたころから何度も縁談が持ち込まれていて、突っぱね続けるのにも限界があった。おまけに朝倉の家は借財のせいで家計は火の車なのだ。約一年半前の関東大震災で台所事情はさらに悪化し、売れるものは何でも処分してきたが、その中で最後に残ったのがこの桐谷に売った本邸と十和子だった。

（なんといっても、桐谷さんにはお金があるもの）

目の前の男は震災復興に伴う土地の売買や商業ビルの開発で発展している『桐谷土地』の若社長である。彼だって箔（はく）付け及び貴族院に議席を持つ華族と縁続きになりたいという狙いがあるだろうが、なんとしてもこの結婚を成功させねばならないのは十和子の側なのだ。

（だからといって、わたしの邪魔をされるわけにはいかないわ）

〝仕事〟を妨害されるわけにはいかない。だから、結婚の条件に際して何にもまして重要なのは、十和子に干渉してくれるなというその一点に尽きるのだ。それが満たされるなら、よぼよぼのお爺さんが相手だろうが、愛のない結婚生活になろうが、一向にかまわない
――それが十和子の本音だった。

「君の出した条件は知っている。だから、君を見合い相手に選んだ」

「まあ」

目を丸くする十和子に、桐谷は淡々と告げる。

「はっきり言えば、俺も仕事で忙しい。妻の相手をいちいちしてやれない。君が干渉するなというなら、かえって気が楽だ」

桐谷の発言は冷淡なものだったが、十和子の胸はかえって弾んでいた。思わず身を乗り出して彼の真意を確かめる。

「つまり、桐谷さんは妻という存在が必要なだけですのね？」

「……まあ、そうだが」

桐谷はややためらってから答える。あまりに薄情な考えだと危惧（きぐ）しているのだろうか。

十和子は彼の意思が変わらないようにきっぱりとした口調で賛同を示した。

「よかった。わたしも桐谷さんと同じです。夫が必要なんです。そうでないと、周囲がいつまでもうるさいんですもの。ここあたりで手を打たないといけなくて」

「なるほど、君も周りに結婚をせっつかれている口なのか」

「ええ、そうなんです」

真面目にうなずくと、彼はなんともいえぬ複雑な顔つきになった。

「しかし、本当にいいのか。君はまだ若い。俺は三十で君とは十二も歳が違う。俺はすでに一度結婚しているし、君は……つまり、後妻になるわけで」

「そんなこと、ちっとも気にしませんわ。わたし、桐谷さんみたいな男を探していたんです。わたしに興味を抱かない、わたしのすることにいちいち口を挟んだりしない、そんな夫が欲しかったんですわ」

十和子は手を組んで、感激の面持ちで彼を見つめた。桐谷は呆気にとられたのか口をぽかんと開けている。そんな顔をしていると、なんだか人がよさそうに見えて、十和子はくすりと笑いたくなってしまう。仕事に関してはかなりのやり手らしく、油断のならない人物というのが彼の評判なのだけれど。

「……つまり、我々にとってこの結婚は好都合というわけだな」

桐谷がこめかみを人差し指でこすってから、ほんの少し意地悪そうな表情をした。

「しかし、どうするんだ。俺が君を……あるいは、君が俺を束縛したいと思うようになったら」

「それは困りますから、契約しましょう」

十和子はさっと小指を差し出した。彼はまたも唖然(あぜん)として、十和子の顔と指を見比べる。

「指切りですわ。昔から大切な約束をするときは、指切りするでしょう?」

いたって真剣に告げると、桐谷は冷たい目になった。十和子は仕事のできない部下のように萎縮(いしゅく)した気分を一瞬味わったが、勇気を奮(ふる)って小指を彼に突き出す。

「指切りしましょう、桐谷さん。わたしはあなたに干渉しない。あなたはわたしに干渉しない……それがわたしたちの結婚の決まりです」

十和子は真剣勝負に臨む剣豪のように張りつめていた。自分の意向を押しつけすぎたら、変わり者の十和子と結婚しようという奇特な男を逃してしまうかもしれない。かといって、自分の気持ちを明らかにしておく機会を失うわけにはいかない。

ぎりぎりの攻防を繰り広げていた十和子は、眉の間に込めていた力を緩めた。桐谷が十和子の小指に小指をからめてきたからだ。手袋のすべすべした感触に、なぜか頬が熱くなった。

「……これでいいか」

「え、ええ、いいですわ。これで指切りげんまんです。嘘ついたら、針千本呑ませますからね」

あわてでまくしたてる十和子に桐谷は微苦笑を浮かべた。

「結婚が成立しなかったら、君も呑むんだぞ、針千本」

「ええ、もちろんです。わたしたち、形ばかりの夫婦になること決定ですわね」

十和子はからめた小指をぶんぶんと振る。されるがままになっていた桐谷は、十和子をじっと見つめて気抜けしたようにつぶやいた。

「君は変な娘だな」

「ええ、変なんです。これからも変ですから、どうぞそのおつもりで」

十和子はにっこりと笑い、心の中で快哉（かいさい）を叫ぶ。これで結婚しろと迫る周囲のおせっかいから自由になれるのだと思うと、むずむずする口元を抑えるのに必死にならねばならなかった。


桐谷と会った翌々日。

見合いの報告がてら泊まった朝倉の邸を朝食が済み次第早々に出ると、十和子はなじみの車夫が引く人力車に乗って下町へと向かった。

昼前の路地では、ひと仕事を終えたご婦人たちが立ち話に興じている。子どもたちがそこかしこを走り回り、それを叱るご老人の怒声がかえってやかましい。

十和子はいつもと変わらぬ情景にほっと胸を撫で下ろしていた。安堵の気分は洋食店に近づくとさらに強くなる。本通りから一本裏に入った通りに集まる店の周囲は、常にひとけが絶えない。

俥が停まってから、車夫の手を借りて座席から降りた。

「ありがとう」

「いつものことですから」

車夫からボストンバッグを受け取って金を払うと、彼はぺこりと頭を下げてから元来た道を戻っていく。

店のすぐ隣は空き屋だが、その先の建て替え中の雑貨店からは大工たちの笑い声が聞こえてくる。帝都は未だ震災の復興途上。鑿と槌の音が一日中どこかしらで響いている。

十和子は目の前の洋食店を視線で丹念になぞった。木造二階建ての建物は、灰色の屋根とすりガラスを下半分に入れた引き戸が、洋食店というよりも大衆食堂といった趣だ。引き戸の上に掲げられた看板も食堂時代のものを流用しているせいで、洋食店らしい洒落(しゃれ)た雰囲気など微塵(みじん)もない。

「ななつぼし洋食店……」

看板の中では店の名の由来になったななつ星が輝いている。

十和子はほっと胸を撫で下ろした。

「うん大丈夫。いつもと変わらないわ」

かつては大衆食堂として営業していた店を改装した洋食店は震災で半壊したものの、以前と同じように修復してもらったおかげで、まるきり損害を受けていないように見えた。

店の前には鉢植えがいくつか置いてある。水仙の清楚な立ち姿が美しい。

十和子は引き戸を開いた。音に気づいたのか、店の奥からコック姿の長身の女性があらわれる。耳の下あたりで切りそろえた髪に太い眉が凛々(りり)しい。実年齢は三十前なのだが、時代の先端をいく格好と落ち着いた物腰がアンバランスで、年齢不詳の空気をかもしだしている。

彼女はこげ茶の瞳を丸くした。

「十和子ちゃん、帰ってきたの？」

「ハルちゃん、ただいま！」

十和子はハルに抱きついた。肩に頭を預けてから、はたと気づいて頰をふくらませる。

「帰ってきたの、ってなんだか冷たいわ、ハルちゃん」

「ごめん、ごめん。だって、十和ちゃんは華族のご令嬢じゃない。結婚が決まるんだったら、下町のお店に寝泊まりはできないんじゃないかと思ってさぁ」

ハルが後頭部をかきながら答えた。

ハルはこの店のコック兼共同経営者だ。二年前に知り合ってから、歳の離れた姉妹のような仲になり、今や共に店を守る戦友のようになっている。女のコックなどまだまだ珍しく、働かせてもらうだけで充分などとハルは謙遜(けんそん)するのだが、十和子こそハルには感謝していた。男装してまでホテルや名店で修業したハルの腕は確かで、彼女が作る料理はどれもおいしい。

「何言ってるのよ、ハルちゃん。店に寝泊まりしたほうが便利なんだから、そうするわよ」

十和子はバッグをテーブルに置くと、羽織を脱いで腕にかける。

店の中は湯気のせいか暖かい。ドミグラスソースの濃厚な香りに小鼻を鳴らしてから、内装をチェックする。

フレンチベージュの小花柄の壁紙は店の修復の際に貼ったもので、落ち着いた空気をかもしだしている。額(がく)に入れて飾っているのは、乙女に人気の夢二(ゆめじ)の絵はがき。はがきの中にいるのは美女ぞろいなのだけれど、本物の絵に比べると見劣りしてしまうのは仕方ない。

（絵が欲しいのだけれど、お金はないし）

八卓あるテーブルには、それぞれ白磁の一輪挿しを置いて花を飾っているけれど、素っ気なさすぎるような気がしてならず、新しいものと替えたかった。

（とはいっても、贅沢（ぜいたく）はできない……）

使える経費には限りがある。お客さんは入ってくれるけれど、ななつぼし洋食店は下町にあるだけに、料理をお手ごろ価格に設定しているのだ。儲けと経費を天秤にかけながらのやりくりは、なかなか難しい。

室内を見渡しながら買い替える順番を算段していると、ハルが肩を叩いてくる。

「十和ちゃん、お見合いは？」

「うまくいったわよ。たぶん結婚するんじゃないかしら」

ハルには『桐谷土地』の社長と見合いをすると告げていた。結婚を断り続けるのも限界だから、そろそろ決断しなければいけないとも話していた。

「十和ちゃん、本当にまだこのお店で働くの？　その……十和ちゃんがお見合いした社長さんには反対されないわけ？」

くっきりした眉を寄せて、ハルは心配そうにする。やきもきしたような様子に、十和子はこの店で働くことになったときのひと悶着を思い出した。伯爵令嬢が家を出て仕事をするなんて前代未聞だと兄に猛反対されたのだ。

（兄さんを説得する〝仕事〟のほうが面倒だったものね）

この店をハルとやっていこうと決めたのは震災のあとだ。朝倉家の当主である兄には、借財がつもりつもってどうにもならなくなった家計を助けるためだと言い張ったけれど、兄は外聞を気にしてなかなか首を縦に振らなかった。父母が二年前に亡くなり、爵位を継いだ兄は、ともすれば自由に活動しようとする十和子の首にひもをつけようと躍起になっていた。

その兄が結局折れたのは、十和子の決意が固かったことと、本当に家計が苦しかったせいだ。店の経営が軌道に乗ったら、少しは家を援助できるとうまく丸め込んだのである。とはいっても、今後、十和子の行動を制限する可能性が高いのは、兄だけでなく結婚相手となる桐谷である。が、彼との交渉はすでに成立しているのだ。

十和子はハルを安心させるように自分の胸をぽんと叩いた。

「大丈夫よ、桐谷さんは承知しているもの」

「承知って、何を」

ハルの眉間がさらに狭くなる。ハルの心配を軽くするために、十和子はふんわりと微笑んだ。

「桐谷さんは約束してくれたの。わたしのすることに干渉しないって。だから、わたしがこのお店で働いても大丈夫ってこと」

「その社長さん、よくそんな条件を呑んだね。普通なら反対するところなのに」

「まあそうだけど、桐谷さんも忙しいから奥様の相手はできないんですって。とりあえず、妻という立場の女の人が欲しいらしいわ。つまり、わたしと同じ考えってことなのよ」

十和子は一輪挿しの花の向きを整えながら答える。口にすればするほど頭の中が整理されて、桐谷との結婚は理想どおりだという思いが強くなっていく。

「十和ちゃん、それでいいの？」

ハルが十和子の肩を叩いて、強引に目を合わせてくる。

「その社長さんと本当に結婚するつもりなの？」

「ええ。そうよ」

「結婚前から十和ちゃんを大切にしないって言い切るような男なんだよ」

畳みかけてくるハルに、十和子はびっくりして目を丸くする。

「だって、結婚は義務だもの。しなくちゃいけないなら、わたしの邪魔をしない男とするわ。それに、わたしの両親なんて、とても仲が悪かったわよ。父はほうぼうにお妾（めかけ）さんを囲うわ、芸者に入れあげて借金をこさえるわで、母はいつも癇癪を起こしていたわ」

　ふたりは相次いで病で亡くなり、一緒の墓に入っているが、生前はろくに顔を合わせることもなかった。同じ墓にいるのは、きっと窮屈に違いない。

「ハルちゃんにも話したでしょ。父が女中に手を出して、妊娠したら冷たく追い出したってこと」

「そりゃ聞いたけどさ。まさか、社長さんはお父さんよりましだと思ったから結婚を決めたの？」

「ましかどうかはまだわからないわ。でも、今のところは条件にぴったり。それだけでもよしとしなきゃ」

　十和子も彼も表向きの伴侶が必要なのだ。

　彼が十和子に対して、対外的な体裁さえ整えておけば、あとは勝手にしてくれてかまわないと思ってくれているなら、好都合だ。

　そういう夫を十和子も探していたのだから。

「さて、開店の準備をしなくちゃね。不在の間はハルちゃんにまかせきりだったし、休んだぶんまで働くわよ」

　厨房で働くハルに対し、十和子は主に給仕や会計を担当している。十和子が不在の間はご近所から応援してもらうのだが、それでもハルに負担がかかるのは避けられない。

鼻歌まじりに十和子はバッグを掴むと、店の奥へ進んだ。厨房の奥には二階へと続く階段がある。二階には十和子とハルの私室があって、ふたりはそこで寝泊まりしているのだった。コンロにかけられた釜を確認する。ごはんが炊きあがったらしく、ほんのり甘い香りが漂っている。

「十和ちゃん、結婚には愛がなくちゃだめだよ」

ぞうりを脱いで急勾配の階段を這うように数段上ったところだった。振り返ると、ハルが相変わらず眉を寄せている。冒険に出る娘を案じる母のような顔つきに、十和子はハルへの申し訳なさとありがたさで胸がいっぱいになった。

「理想はそうだけど、世の中なんでもは手に入れられないもの。わたしは自由が欲しいの。お店で働き続けるっていう自由よ。それを確保できるなら、愛のない結婚で充分よ」

ハルは少し怒ったように鼻から息を出すと、コンロへ向かう。下拵えの続きをするつもりなのだろう。十和子は階段をそろそろと上りきると、左手にある自室の襖を開ける。

家具といったら、鏡台と小さな簞笥と卓袱台があるくらいのこぢんまりとした部屋だ。ふとんを敷くと、部屋の半分は埋まってしまう。

羽織を衣桁にかけて、鏡台の前で格好を点検する。黒と桃色の翁格子の紬に薔薇の咲いた昼夜帯。およそ華族令嬢らしくないが、十和子はいっこうに気にしていなかった。ご令嬢は働かないものだから、そう見えないほうがいい。

（それに上等な着物もずいぶんなくなっているのよね）

欧州で起きた大戦終結後、好景気はシャボン玉のように弾けてしまった。大戦景気で成長著しかった船会社に投資していた朝倉の家は資産をだいぶ目減りさせてしまい、借金を返済するために、代々伝わる家宝は古美術商に売り、着物や貴金属は質屋に預けねばならぬ有様だったのだ。

「これでいいのよね」

桐谷と結婚すれば、朝倉家の経済状態は好転とはいかなくても、これ以上悪化することはない。桐谷が経済的な面で後ろ盾になってくれるなら、朝倉は華族の繋がりで彼の後援ができる。互いに得るものが多い結婚なのだから、肩身の狭い思いをすることはない。

（でも、なんだか桐谷さんに申し訳ないわ）

罪悪感が岩から染み出る湧き水のように胸を濡らしていた。

十和子と結婚することで、桐谷が自分を一番に愛してくれるような女性と出会えなくなるかもしれない。それは彼にとって大きな損失なのではないか。とはいっても、十和子にも、彼の存在は必要だ。

結婚相手を確保しておけば、うるさく見合いを持ち込まれることも、店をやめろと言われることもなくなるはずだ。

どうせなら結婚せずに済めばいいのにと恨めしくなる。彼はこの店のように——ななつ星のように十和子の心の中で輝いてはいないのだ。鏡の中の自分の表情は晴れない。

「えい、しっかりしなさい、十和子」

女学校時代にならい覚えた長刀のかまえをして、気合いを入れる。お客さんを迎えるのに、浮かない顔なんかしていられない。

(そうよ。わたしにとって一番大切なのは、お店を守ることなんだから)

十和子は箪笥から割烹着を取り出すと、手早く身につける。憂いを吹き飛ばすように鏡の向こうの自分と笑顔の競争をしてから、階段を慎重に下りていった。


見合いから一週間が経っていた。桐谷は店の斜め前で車のブレーキを踏むと、白手袋をはめた手を頭の後ろに組み、しばし看板を見つめた。くたびれた背広を着た猫背気味の若い男が、引き戸を開けて店の中に入っていく。

(ななつぼし洋食店……本当にこの店に彼女がいるのか?)

見合い相手である十和子は没落しかけているといえども伯爵家の令嬢だ。その十和子が店を〝経営〟していると聞いたとき、桐谷は耳を疑った。

『なに、変わり者なのです。料理が好きだし、なじみの店がなくなると困るから、店を経営したいだなんて言いだしましてね。なんでも、コックに泣きつかれたとか。改装にはいくらか金を出しました。耳にたこができるくらい金の無心をされたものだから、面倒になったんですよ。十和子は言いだしたら聞かない性分だから、反対されると意地になる。父親に甘やかされたからでしょうな』

朝倉家当主であり、貴族院議員である十和子の兄は桐谷と同じ歳だ。彼の告白は、結局のところ歳の離れた妹を父と同じく甘やかしていると証明しているに他ならなかった。

『桐谷さん、妹はおすすめですよ。変わり者だが見てくれはめっぽういい。パーティーで隣に飾っておくにはちょうどよい娘だ』

朝倉の家には都心にあった本邸の土地を売却してもらうために赴いたのだ。震災後、都心はビルヂングの建設ラッシュで、一等地の引き合いは多かった。借財を抱えているらしい朝倉伯爵はできるだけ高値で土地を売りたいらしく、担当の社員ではなかなか交渉がまとまらない。だから、桐谷が直々に乗り出したのだが、よもや嫁を斡旋されるとは思ってもみなかった。

(確かに美人ではあったな)

十和子はすっきりとした面差しに黒目がちな二重の目が印象的な美人だった。だが、整った面貌は人形のように硬質ではなく、時折きらりと輝く瞳が食えない性格を映しだしていて、油断ならない何かを潜ませていた。

（まあ、変人でもかまわないか。ここらで妥協するにはちょうどよい条件の娘だ）

朝倉伯爵は貴族院の議員だし、有力華族と縁続きだから、貴族院の情報も容易に手に入れられるだろう。帝都の土地開発は国策を無視できないし、おいしい情報がいち早く手に入る繋がりは必要だ。それに、朝倉家に金がないならないで、こちらが強気に出られる。なにより、十和子は桐谷に愛情を求めない娘なのだ。妻の一周忌が過ぎてから、再婚の話をうるさく持ちかけられる桐谷にとって、十和子はやかましい周囲を黙らせるにはうってつけの相手だった。

（半年後に結納するとして、その後、適当な時期を見計らって式をすればいいか）

それまで彼女のことなどほったらかしにしてもかまわないのだが、桐谷は妙に十和子が気になっていた。

「これは好奇心というやつだ」

ひとりごとで内心のもやもやに決着をつけると、桐谷はハンドブレーキを引いて車を降りた。外に出て店に近寄ると、春の陽光を浴びて安っぽい看板の黒い字がてらてらと光っている。

「本当に洋食屋なのか……？」

　立地はさほど悪くないが、店の外観がひどすぎる。どう見ても大衆食堂で、銀座に建つ洒落た赤煉瓦の店と比べると、しみったれた匂いがぷんぷんする。

「貧乏くさい……」

　鼻の頭に皺を寄せてから、引き戸に近づこうとした。その瞬間、中からさっきの若い男が飛び出してくる。男のあとを追って宙を飛ぶじゃがいもがふたつ、桐谷の腹を直撃した。

「――！」

　痛い。硬いじゃがいもが凶器になりうると知ったのは初めてだった。鈍い痛みをなんとか呑み下していると、十和子が怒りの形相で店の外に出てくる。右手には包丁、左手にはじゃがいも。どうやらじゃがいもを投げたのは十和子のようだ。

「あら、まあ」

　十和子が黒真珠のような瞳を丸くした。般若の面がみるみるうちにはがれる。

「何しに来られたんですか？」

「いや、近くに来たから、様子を見に……。それより、このじゃがいもはいったい？」

　落ちたじゃがいもを拾う。桐谷の腹がちょうどよいクッションになったのか、じゃがいもは無事だった。

「あの人を追い払うために投げたんです。地上げ屋でこの土地を売れってしつこくて。包丁よりはましかと思ったんですけど」

「包丁よりはましだな、確かに」

桐谷は心持ち頬をひきつらせてうなずいた。十和子が包丁を投げていたら、桐谷の怪我は打撲では済まなかっただろう。

「でも、投げたあとで、もったいないことをしたと後悔してしまって。あの、じゃがいもは？」

「無事だが」

「まあ、よかった。使えるわ」

ほっとしたようにじゃがいもを受け取る十和子は屈託なく微笑んだ。

じゃがいもの無事を純粋に喜ぶ彼女に気を抜かれかける。だが、じゃがいも投擲（とうてき）の原因は聞き逃せないことだった。

「あの男は地上げ屋なのか？」

物陰からこちらを見ていた若者は、桐谷の目線から逃げるように去っていく。

十和子は包丁を振りあげつつ怒りをぶちまけた。

「地上げ屋が雇ったチンピラみたいですけど！　この土地を売れってうるさくて！　お隣の土地を買収したもんだから、調子に乗ってこちらにまで迫るんですわ！　土地を売れって！」

切っ先に怯（ひる）みつつ、桐谷はうなずいた。

「下町の土地も値上がりしているからな」

震災後、下町の開発も進んでいて、地価は上昇を続けていた。そのため、郊外へと引っ越すものがぞくぞくと増えているのだ。

「絶対に売らないって言ってるのに、しつこいんだから！」

十和子の怒りの激しさが桐谷には不思議だった。こんなおんぼろな店などいっそのこと適当な値段で売ってしまって、銀座やその周辺にでも出店したほうがよいのではないか。

「十和ちゃん、その人は？」

十和子の背後にすらりとした長身の女が立った。うさんくさい押し売りを追い払うような威圧感に満ちている。

「ハルちゃん、この人が桐谷さんよ。お見合い相手の」

「ああ、社長さん」

ハルと呼ばれた女は仏頂面（ぶっちょうづら）で頭を軽く下げた。

「木村ハルといいます。この店のコックで」

「ハルちゃんは、腕の確かなコックなんですよ。フランス料理のお店で修業したことがあるんですから」

十和子はまたしても包丁を桐谷に向けて突き上げながら、満面の笑みを見せた。たまりかねたのか、ハルが十和子の手から包丁を取り上げる。

「十和子ちゃん、山姥じゃないんだから、包丁を振り回すのはやめなよ」

「まあ、お店を守るためだったら、包丁くらい振り回すわよ」

ふくれっ面の十和子は愛嬌があったが、店に対するこだわりは尋常ではないらしく、桐谷の胸に小さな棘が残る。

「それより、桐谷さんは何しに来られたんですか？」

「さっきも言ったが、店を見に来たんだ」

十和子に説明を繰り返しながら、なんとなしに空しくなった。桐谷の話は彼女の耳には残らないらしい。

「お忙しいでしょうから、別に来なくてもよろしいのに」

十和子のひと言は鉄槌のように桐谷の胸を打った。一瞬、呼吸が止まる。

「……ああ、そうだな。本当に来なくてよかったんだが……」

要らぬ好奇心は抱くものではないと、改めて再認識する。形だけの夫婦になろうとしているのだから、十和子の態度こそ正当だ。

「と、十和ちゃん、ほら、お茶でも飲んでもらったら？　あ、何かごはんを食べてもらってもいいんじゃない？」

冷たかったハルが懸命に取り成してくれる。ふたりの仲を改善すべしとでも思ってくれているのだろうか。桐谷は余計な努力をさせないことにした。

「いや、邪魔をした。帰る」

車に向かって一歩足を踏み出すと、突然背中に頓狂な歓声がぶつけられる。

「まあ、車よ、ハルちゃん！」

「ほんとだ、ルノーだよ。かっこいいね、馬車みたい」

ハルが空気を変えるように、賑やかに同意する。

確かに桐谷が乗ってきたのは、欧州の貴族が馬車として使いそうな車体が特徴のルノーの車だった。漆を塗ったような艶のあるボディはクラシックな印象で、なかなか美しい。

思わず振り返ると、十和子が手を顎の下で組み、目をきらきらさせていた。

「あの車、桐谷さんのですの？」

「あ、ああ、そうだが」

先ほどとは打って変わって愛想のよい笑顔に、桐谷は若干身を引いた。十和子はそれにかまわず、ずいと近づいてくる。

「車っていいですね。どこにでも行けるし」

「ああ、そうだな。しかし珍しくはないだろう。君の家にだってあるはずだが」

震災後、列車や電車の線路が破壊されたせいで、バスやタクシーが交通手段として重宝され、車はずいぶん身近になった。富裕層ならば、車の一台や二台くらい所有しているのが当然になりつつある。

「車はもっぱら兄が使っていて、わたしの用事では使えないんです。それにしても、うらやましい。車があれば、お買い物に便利よね、ハルちゃん」

「ほんとだね、十和ちゃん。車はいいもんだよね」

和気藹々と語るふたりに桐谷は当惑した。この先の話の展開が読めない。

「車っていいわね。荷物が載せられるもの」

「十和ちゃんの言うとおりだね。一台くらい欲しいもんだ」

「何言ってるの、ハルちゃん。うちにはお金がないのよ」

「まったくだね。金があったら、車を買うのに。きっと便利だよ。買い出しも楽に違いないよね」

「……車を使わなければならない用があるのか？」

　桐谷は仕方なしに聞いた。ふたりの意図を悟ったからには、そう口にするしかなかった。

「ええ、そうなんです。お店のものを仕入れたくて」

「十和ちゃん。せっかくだから、社長さんの車に乗せてもらえばいいよ」

「え、だめよ、ハルちゃん。桐谷さんは忙しいのよ。社長さんだもの」

「社長さんだって、休みくらいあるよ。そうだ、今度の日曜日にでも銀座に行っておいでよ。一緒にさ」

「え、ふたりで？　ハルちゃんは行かないの？」

　十和子は迷うように首を傾けている。どうやら、気が進まないようだ。

「なんであたしがお邪魔虫にならなきゃいけないのさ。ふたりで行きなよ。結婚するんだから、親睦(しんぼく)を深めなきゃ」

　ハルはそう説教してから、眉を寄せてふたりを見比べる。

「もう少しお互いのことを知らなきゃいけないよ。結婚するっていうのにさ」

「結婚といっても、形ばかりなのよ、ハルちゃん。桐谷さんはわたしのことなんかどうでもいいんだから」

「……君だって俺のことはどうでもいいんだろう」

大人げないと思いつつ、つぶやいていた。ハルは桐谷の戯言などきれいさっぱり無視すると、包丁を持っていない手で十和子の肩を抱く。ハルの輝く瞳は妙案を思いついたので話したくてたまらないといったふうだった。

「ふたりで行きなよ、十和ちゃん。花瓶を見たいんだろう？　グラスもいくつか欠けたのがあるし、お皿も色がしみついたものがあるし」

「ええ、でも……」

十和子はためらいをあらわにして桐谷とハルの間で視線を往復させた。

「銀ブラでもしておいでよ。買い物しながら、ふたりでいろんなことをおしゃべりする！　そして、互いをわかり合わなくちゃ」

「そうかしら……」

十和子は唇を噛みしめて考え込んでいたが、迷いを払しょくするようにうなずくと、桐谷に深々と頭を下げる。

「よろしくお願いします、桐谷さん」

「あ、ああ」

桐谷は反射的にうなずいてしまう。もはや断ることもできず、桐谷の日曜の予定は完全に埋まったのだった。

日曜日になって、十和子は迎えに来た桐谷と一緒に銀座に向かった。ふたりきりのドライブは、最初は気まずかったものの、車窓から流れる街並みに集中すると、彼の存在がさほど気にならなくなった。

川沿いを走れば建築途中の橋が無骨な姿をさらし、都心に近づけばたくさんのビルヂングが雨後の筍のように建っている。燃えてなくなった民家が新たに建てられ、往来をたくさんの人が行きかっている。楽しげな会話が聞こえてきそうなご夫婦や、気ままに走り回る子どもたち。のんびりと紫煙をくゆらす男たち。

（震災なんてなかったみたいだわ……）

兄曰く帝都復興計画なるものが策定されたが、華々しく発表されたその計画は金がないせいで、畳めない風呂敷扱いされているらしい。

それでも、復興は着々と進んでいる。いたるところに建物が建ち、道路が拡張され、公園が造成されていく。まるであの日なんかなかったみたいに。

それでも、よくよく注意すれば、震災の痕跡を発見することができるのだ。

電柱や塀に貼られた尋ね人の張り紙。家々の合間に不自然にあらわれる更地。川縁のバラック小屋は住み処を失った人たちが辿りついた、束の間の安息の地なのだろう。

それらに気づいてしまうと、十和子の意識は過去へと引き寄せられてしまう。眼裏に現実とは異なる風景が広がっていく。

煙があちこちでくすぶる中、震災の翌日に店に行った。

『十和ちゃん！』

半壊の店をのろのろと片づけていたハルは十和子を目にするや珍しく取り乱し、きつく抱きしめてきた。十和子の肩に顔を埋めると、嗚咽をこぼす。濡れていく肩に全身が震えた。

『一哉が帰ってこないんだよ！』

ハルの嘆きに十和子は息を止めた。自分の心臓の音しか聞こえなくなって、指先が氷水に浸したように冷たくなって、そして――。

「もうすぐ着く」

桐谷の声を聞いて、十和子は現実へと引き戻された。彼は相変わらず白手袋をはめた手でハンドルを握り、前を向いたまま質問を放つ。

「車に乗るのは初めてだったのか？」

「いいえ、朝倉にも車はありますから。でも、前にも言ったように兄が使うんです。わたしはそれほど乗りません」

「そうか。熱心に外を見ていたから初めてなのかと」

「すみません。暇だったものですから、つい」

「暇というより退屈だったんだろう?」

　彼の横顔は平素と変わらないが、内心苦々しく思っているのではないかと、十和子はあわてて愛想笑いを浮かべる。

「いいえ、退屈ではありません。ただ、運転中に話しかけてよろしいのかしらと迷ってしまって」

「会話くらいできる」

「そうなんですね。運転なんかしたことがないから、よくわからなくて。そういえば、桐谷さんは運転手を雇わないんですの?」

　車を所有しているのは華族や実業家といった富裕層だが、彼らの大半が運転手を雇っている。

「妻が亡くなってから暇を出した。俺には必要ない」

「そうですか」

　十和子は二の句が継げず、黙ってしまった。次は何を話せばいいのかわからない。

(干渉し合わない夫婦って、どこまで互いのことを打ち明けるのかしら)

互いの気持ちや考えを知ってしまったら、きっと相手の存在が心の中で大きくなってしまう。そうなったら、干渉しないという決まりを守れなくなるのではないだろうか。

（それは困るわ）

十和子は店を守っていかなくてはならないのだ。華族令嬢らしく、事業家の妻らしく、おとなしく家にこもれと束縛されては困る。

「……すまない。つまらないことを聞かせてしまったな」

「つまらなくなんてありません。その……わたしは……わたしも車の運転を習おうかしら！」

溌剌（はつらつ）として手を打てば、桐谷が間髪を容れずに冷や水を浴びせてくる。

「君には無理だと思う」

「……冷たいですわ、桐谷さん」

「君には負ける」

頰をリスのようにふくらませる十和子にはかまわず、彼は車を銀座界隈（かいわい）の駐車場へ停めた。車から降りて歩き出すと、歩道は人で埋まっていた。

みなが目指すのは松坂屋（まつざかや）だ。土足で入場できると帝都の話題をさらった百貨店は、銀座の復興の象徴のように堂々と建っている。

「あの向こうが松屋だ。この春、開店するらしい」

「まあ、すごい」

十和子は眉の上に手をかざして、庇をつくった。銀座の復興は止まらない。その足取りはひたすらに前進していく兵隊のように力強い。

（みんな、ついていけるのかしら）

ひとり置いてけぼりになったような気がしていると、自然と足まで止まっていた。桐谷に軽く肘を引かれて、ぞうりを動かしだす。

「すみません」

「いや、まずは飯にしよう。君が好きそうな店を予約しておいた」

「予約までなさったんですか？」

「混むからだ。それに、店のほうも予定が立てやすくていいだろう？」

「ええ、まあ、そうですけれど」

食材の準備を考えると、事前に予約を入れてもらっておいたほうが助かる。とはいっても、ななつぼし洋食店は気取らず食事を楽しんでもらうお店というのがずっと前からの方針なので、予約なんか入れない客のほうが圧倒的に多い。

「桐谷さん、お店の事情まで考えてくださったんですね」

「店の事情というよりも、君を連れていくのに席がないと困るだろう」

心外だというような口ぶりに、十和子は首を傾げながら引きずられていく。

松屋の少し手前にある洋食店は赤煉瓦の三階建てで、蔦の浮き彫りがされた樫の扉が重厚だった。

三階に予約の席があったが、十和子はメニュウを決めると、すぐに席を立ち、階段を上下して店の内部を見学してまわる。

幾何学模様が織り出された毛足の長い絨毯、木目が一種の模様になったテーブルに光沢のある革ばりの椅子。どれも上等そうで、店で過ごす時間を特別にする効果がある。刈り上げ頭のボーイたちがきびきびと動き回る姿が小気味よい。

厨房をちらちら覗くと、これまたコックたちが皿に料理を手際よく盛りつけていく。

ひとしきり見て回ったあと、三階へ戻ると、窓際に座っている桐谷が腰をひねって外を眺めていた。往来を見物しているのだろう。

「ごめんなさい、桐谷さん。あちこち見学していたものですから」

「いや、いい。こうやって外を眺めているのも楽しいぞ」

なんとなく拗ねた口調に聞こえるのは、気のせいではないだろう。向かいに座ろうとすると、ボーイが飛んできて椅子を引いてくれた。

「本当に勉強になりますわ、このお店。内装がとてもすてきなんですもの」

「それはよかったたな」

「たまにはこういう上級のお店に来なくてはいけないって強く思いました。いいところは取り入れないとって、まあ、もうお料理が」

座るやいなや図ったように料理が運ばれて、こんなところにも感心してしまう。

十和子は目の前に置かれたクロケットをひとしきり観察する。

「いい色ですわ」

きつね色に揚がったクロケットが皿の中央に鎮座し、その下にはトマトソースがしかれている。まるで夕陽に染まった池に浮かぶ小島のようだ。

ナイフを入れるとさくっと音を立てて割れた。切れのよい衣に感動さえ覚えるし、中から立ち上る湯気と濃厚なベシャメルソースの香りに期待がふくらむ。

ひと口分切り出してフォークに突き刺し、口に運べば、滑らかなベシャメルソースと肉のうま味の調和に感動する。バターで酸味をやわらげたトマトソースもおいしい。だけど――。

「桐谷さん、クロケットにソースは必要だと思います？」

「は？」

カツレツを口に入れかけていた桐谷は、面食らったように十和子を見つめる。

「わたし、クロケットにソースは必要ないと思うんです。せっかくからっと揚がった衣をソースに浸してべちょべちょにする必要はないんじゃないかしらって、いつも思うんですわ」

「うまければ、どっちでもいいと思うが」

桐谷の意見を聞き流しながら、十和子は真剣にクロケットを切り、フォークに刺して中身をじっと見つめた。

「わたし、この点ではハルちゃんと意見が合わないんです。ハルちゃんはソースをしいたほうがお洒落だし、前の店主もそうしていたって主張するんです。わたしはベシャメルソースとお肉のおいしさをシンプルに味わってほしいなって思うんですけど」

ソースのついたクロケットを味わいながら、十和子は遠くを見つめた。

「でも、これはこれでおいしいわ。要考慮にしておきます」

せっせとクロケットを頰ばる十和子は、桐谷の手が止まっていることに気づいた。

「あら、桐谷さん、お食べになりませんの？」

「君がおいしそうに食べているから、つい見物していた」

「わたしを眺めても、お腹(なか)はふくれませんわよ。そのカツレツ、とってもおいしそうなのに」

「……食べるか？」

「いただけるんなら、いただきます」

行儀が悪いと思いつつ桐谷の皿からカツレツをひと切れ奪った。口に入れると、衣の香ばしさと肉のうま味がちょうどよい塩梅（あんばい）で実にうまい。

「おいしいですわ。この感じ、覚えておかなくちゃ」

十和子はつい会話を忘れて、料理を味わうことに没頭する。そんな十和子に圧倒されたのか、桐谷がフォークの動きを止めてしまったことなどまったく気づかなかった。

帰りの車内は行きよりはずっと気楽だった。後部座席に買ったものを積み込んで、車は一路、店へと向かう。

「ほんとに今日はいい買い物ができました。これも桐谷さんのおかげです」

十和子は背後の荷物をちらりと振り返ると、満足の笑みをにんまりと浮かべる。

宝石のようにきれいな色ガラスの花瓶。白磁の皿は縁にレースのような模様が描かれている。特別なお客さまのテーブルを覆う薄桃色のテーブルクロスには、同色の糸で薔薇が刺繍（ししゅう）されていて、とても上品だ。

「満足してもらえてよかった」

「退屈だったでしょうに、付き合ってくださってありがとうございました」

百貨店から小さな商店まで、それこそ銀座を歩き回って手に入れた品々だ。その間、桐谷は黙って十和子についてきた。

「これで何か絵を購入できたら、完璧なんですけれど」

「絵が欲しいのか？」

「はい。でも、そこまでの余裕はないんです」

「自分で描いたらどうだ？」

「わたしが人を描いたら、案山子（かかし）になってしまうんです」

嘆きの息を吐き出すと、桐谷がふきだした。

「まあ、失礼」

半眼でにらむと、桐谷が咳払いした。

「すまなかった。それより、残りは連絡がきたら、君の店に運ぶということでいいか？」

店に在庫がない商品は注文してもらったのだった。商品が店に届いたら連絡してくれるよう桐谷が店員と交渉してくれた。運搬（うんぱん）役を引き受けるという桐谷に十和子は遠慮したが、押しきられてしまったのだ。

「でも、いいんですか？　桐谷さんはお忙しいのに」

「かまわない。配達してもらったら費用がかかるんだろう？」

「そうですけど……」

桐谷が運んでくれるなら送料はかからないけれど、好意に甘えすぎているのではないかと躊躇(ちゅうちょ)してしまう。

（干渉し合わない約束なのに）

それとも、買い物を一緒にするとか注文した品を運んでもらうといったことは、干渉するという範囲には含まれないのだろうか。

沈黙する十和子を気遣うように桐谷がつぶやいた。

「商品は来月初めにはそろうという話だろう？　俺には出かける用事があるから、そのついでに君の店に寄るだけだ」

「だったら、よかったですわ」

十和子は胸を撫で下ろした。用事のついでなら桐谷にあまり負担をかけずに済むだろう。

「……君はやっぱり変だな。ついでと言われて、腹を立てないなんて」

「どうして腹を立てなくてはいけませんの？」

十和子は桐谷の横顔をきょとんと見つめる。形ばかりの結婚相手であり、干渉し合わないと約束した十和子に、桐谷はずいぶん親切だと恐縮しているくらいなのに。

「華族のご令嬢は自分のために周囲が動いて当たり前だと思うもんじゃないのか。特に結婚相手なら」

「わたし、そこまで傲慢(ごうまん)ではないつもりですけれど」

第一、桐谷にそんな要求などできるはずがない。干渉するなと初めから壁をこしらえて付き合おうとしているのだから、助けを求める立場にないのだ。

「……やっぱり傲慢でしたわ。ごめんなさい」

「謝られることなど、何もされていないが。それとも、買い物の間中、俺の存在など忘れたように振る舞っていたことを謝られているのだろうか」

「桐谷さんはわりとはっきりおっしゃるかたですのね」

「だから、君には負けると言っている」

十和子は押し黙り、気まずさをごまかすように、外を見た。

川が夕陽を受けて真っ赤に染まっている。

(あの日もああだったのかしら)

十和子の意識は油断すると、すぐに震災の日に帰ってしまう。

あの日は地震だけでなく、あちらこちらで火事が起きた。ちょうどお昼どきだったから、煮炊きの火の不始末で大火災が発生したという話だった。十和子の通っていた女学校はおろか、一帯が火に巻かれて焼失した。

当日は始業式で、十和子は女学校に行く予定だったが、熱を出したせいで学校を休み、朝倉の別邸にいて難を逃れた。女学校の隣の区にある別邸付近は火災の魔の手が襲ってこなかったのだ。

しかし、下町は大変な被害にあった。炎をまとった旋風が吹き荒れて、燃えさかる板や焼けたトタンを雨のように降らせていたとか。

車の窓ガラスに手を押し当てた。そうやってじっと川面を見ていたら、この身体ごとあの日に帰れるのではないかと錯覚してしまうほど、水は赤く染まっている。

「……店のことで提案があるんだが」

不意に話しかけられて、十和子は瞬きを繰り返した。心が身体に否応なく引き戻される。

「はい？」

「君が望むなら、店を移転しないか？」

十和子は喉を鳴らした。桐谷の言葉が予想外すぎてとっさに返事ができない。

「例えば、銀座に出店したいというなら、土地を用意してやれるかもしれない。あそこよりいい土地はいくらでもある。こう言ってはなんだが、店も洋食屋らしくない。よければ

「――」

「あの店はどこにも移転なんかさせません」

桐谷の頬をひっぱたく勢いで拒否した。胸がむかむかして、具合が悪くなりそうだ。

「ななつぼし洋食店はあそこになくてはいけないんです。よそへなんか移れません」

「だったら、店を改築するのは――」

「それもしません。あのお店は変わっちゃだめなんです。ずっとずっと、あのままでいなくちゃだめなんです」

話せば話すほど、怒りが加速して止められなくなってしまう。お腹の中が熱くなって、飛び出る言葉がどんどん尖っていく。

「桐谷さん、約束したはずでしょう？　わたしに干渉しないでくださいって。あのお店は大切な場所なんです。桐谷さんにわかるはずがないわ」

桐谷をにらみつけると、彼が唖然としたような視線を投げて寄越す。

「落ち着いてくれ」

「お願いですから、あの店に関わらないで。あなたは――あなたなんかには何もわからないんだから」

お腹で渦巻いていた怒りが頭を焦がす。桐谷に憤(いきどお)っても仕方がないのに、火薬が爆発するように感情が弾けそうになる。

十和子は何度か息を強く吸って、冷静さを取り戻そうとした。彼から意識的に目を背けると、川の流れに気持ちを同化させる。

赤い川は何事もなかったかのように緩やかに流れている。

叫び出したい衝動をこらえると、十和子は夕陽に照らされた川をじっと見つめた。


銀座に出かけてから十日ほど経っていた。

四月馬鹿と呼ばれるその日は穏やかな晴天で、桜見物にはもってこいだった。

満開の桜を横目に見ながら車を走らせ、桐谷が辿りついたのは、ななつぼし洋食店だった。

この間と同じ場所でハンドブレーキを引くと、洋食店の引き戸を見つめる。

(さて、どんな顔をすればいいんだ?)

桐谷は悩んでいた。我ながらくだらないと呆れ果てるが、悩んでいた。

あの日、十和子とは険悪な空気を修復しきれないまま別れた。

修復しきれないというよりは、十和子はこちらを一瞥(いちべつ)もせず、けれど、謝礼だけは早口で述べて、逃げるように車から降りると店に入っていった。

代わりにあらわれたハルが戸惑ったように礼を言って荷物を引き取り、桐谷は十和子と何も話せぬまま、タクシー運転手のように帰った。

それから連絡ひとつしなかった。忙しさを言い訳に、彼女のことなど考えないようにして日々を過ごした。

関わるな、干渉するなという彼女の言葉どおりにしているのだと言えばそれまでだが、桐谷は結局のところ彼女との距離を測りかねているのだ。

（そもそも、なぜあんなふうに逆上したのかわからん）

店を移転しないかと誘ったのはあくまで善意からだ。けれど、それが彼女の機嫌を損ねたのは明らかだった。

（あのとき、平身低頭して謝ればよかったのか？）

とはいっても、桐谷も正直なところ、腹立たしかった。

休みを一日つぶして幕切れがあれでは、割に合わないという気持ちにもなるだろう。

そう考えるたびに言い訳をいくつも積み重ねているようで、かえって苦々しくなる。

「仕方ない、行くか」

桐谷は助手席に置いていた風呂敷を抱えて車を降りた。

男の子たちが三人ほど興味津々といった顔で遠巻きに車を見つめている。

桐谷は子どもたちを手招きした。おずおずと近づいてきた彼らを見渡した。

「近くで見ていい」

男の子たちは顔をぱっと輝かせると、ボンネットからタイヤから顔を近づけて、舐めるように見つめている。

富裕層に車は行き渡っているが、下町で暮らす庶民にはまだまだ珍しい。

ボディにおそるおそる触れている子どもを一瞥すると、桐谷は店に近づいていく。

引き戸に手をかけると、そろりと開けたつもりだったが、意外にきしむような音を立てた。

「あれ、社長さん」

ハルとハンチング帽をかぶった二十代半ばほどの若者が、店の真ん中で顔を突き合わせていた。

「え、この人が『桐谷土地』の社長なのかい？」

「そうだよ、太一ちゃん。それより、今の話、本当なの？」

「本当だって！　この土地を買おうとしてる地上げ屋が飲み屋で管を巻いてたらしいんだよ。『桐谷土地』の社長が出張ってるからには、のんびりしていられねぇって」

「確かに、この間もあのチンピラが来てうるさかったけどさ。だからといって、十和ちゃんを攫うなんて、そんな」

ハルが信じられないというように首を横に振っている。事情もわからず名前を出されている桐谷は、店の中に入った。風呂敷をテーブルに置いて、ふたりに近寄る。

「いったい、なんの話なんだ？」

「その、十和ちゃんが攫われるかもしれないって太一ちゃんが言うんですよ。土地を売らないから」

「で、この太一ちゃんはいったいどこの誰なんだ？」

「俺、探偵なんですよ！　浮気から身元調査に行方不明の親族捜しなどなどいろいろやってます。どうぞよろしく！」

太一と呼ばれた若者は元気いっぱいに挨拶しながら、スーツの内ポケットの名刺を差し出した。

「……それで、その地上げ屋がなぜ彼女を攫うんだ？」

名刺を手の中でもてあそびながら桐谷が問いかければ、太一が勢い込んで答える。

「社長さん、以前もここに来たことがあるんでしょう？」

「ああ」

「そのことが地上げ屋に伝わったんですよ。『桐谷土地』の社長は、土地の売買交渉がまとまらないときは、自分が話をまとめるって業界では有名なんでしょう?」

「……まあ、そうだ。よく言われるな、腰が軽いと」

桐谷は唇を歪めた。

『桐谷土地』は父から受け継いだ会社だが、成金と陰口を叩かれる新興企業だ。後発の会社だけに、桐谷はときになりふりかまわず土地の買収を仕掛けた。社員でまとまらないときは、自ら乗り出すこともしばしばで、それが奏功することも多かったのだ。

「桐谷の社長が乗り出してくるんなら、ここの土地を盗られちまうって地上げ屋はあせっていたらしいんですよ」

桐谷はハルと顔を見合わせた。桐谷の訪問はもちろん土地を買うためでなく、見合い相手である十和子を訪ねるためだ。

「太一ちゃん。社長さんは十和ちゃんの結婚相手なんだよ」

「ええ!?」

太一は大げさに思えるくらい目を見開き、桐谷の顔を食いつくように見つめる。

「け、結婚だなんて、発表されたのかい?」

「するわけないよ、見合いが終わったばかりなのにさ。結納だってまだなのに」

ハルがそっけなくあしらう。

華族の結婚や醜聞が新聞紙面に掲載されるのは珍しいことではない。

「じゃ、じゃあ、地上げ屋は誤解してるんだよ、社長さんが土地を買いに来たって」

「誤解して、彼女を攫おうとしているというのか？」

桐谷がうんざりしたようにたずねると、太一は唾を飛ばして叫んだ。

「そうですよ！　あいつらはそうやって土地を強引に奪うんだ。昼夜問わず押しかけたり、わざと借金をこさえさせて土地を売らせたり、家族を誘拐して土地を売れって迫ったり」

「それで、彼女はどこにいるんだ？」

桐谷は馬鹿馬鹿しいと思いながら確認した。

欲しい土地を手に入れるために、地上げ屋が多少強引な手段を使うという話を聞いたことはあったが、誘拐は大げさとしか思えない。

「……出かけてます」

ハルがしょんぼりと肩を落として答えた。

彼女のふさいだ表情に、桐谷はなぜかいやな予感がした。

「どこに？」

「今日は、十和ちゃんが街中をふらふらする日なんです」

「ふらふらする日？」

ハルと太一は瞼を伏せて、そろって沈んだ面持ちをする。

「ふらふらしてどうするんだ？」

「桐谷さん、十和ちゃんを迎えに行ってあげてください」

ハルが何かを吹っ切ったようにきっぱりと言う。

「迎えに行くのはかまわないが、どこにいるんだ？」

桐谷は困惑した。街中をふらふらしているという十和子を、いったいどこで出迎えたらいいのだろう。

「心当たりがあるから、案内します！」

太一が学生のように手を挙げた。

桐谷は一瞬面食らい、けれど彼らのあせりが伝染したように早足になって店の外に出た。

十和子は店がある区内を出て、隣の区へと移動した。隅田川に背を向けて、十和子が通っていた女学校がある方角へ歩いていく。

震災翌日に救護所が設けられたという集会所を通りがかりにそっと覗く。

扉は錠前がかけられて、辺りはしんと静まりかえっている。

「……何もないわよね」

肩を落とすと、とぼとぼと歩いた。

道はそれほど広くなく、車がすれ違えるくらいしかない。

暖かな陽射しが気持ちよかった。花見にはちょうどよい気候で、桜の花が競うように咲いている。

十和子は三十分ほど歩けば着く病院を目指した。震災の怪我人がたくさん運ばれたという病院だ。

ひたすら足を動かしていたが、ふと通りかかった家屋の塀に尋ね人の張り紙を発見して、足を止めてしまう。

氏名と性別、年齢、身体の特徴などが書いてあるようだが、文字がかすれていてほとんど読めない。それでも十和子は気になって、紙に何度も視線を走らせる。

(見つかったのかしら)

それとも、この紙に書かれた人はまだ帰ってこないのか。

十和子の胸がきりきりと痛む。たくさんの針が刺さった針山を力いっぱい摑んでしまったように、小さな痛みが無数に胸を刺した。

「お願い、帰ってきて」

両手を握り合わせて、塀の張り紙に祈った。

いつもだったら、そんなことはしないのだ。彼も帰ってきてくれるのではないかという希望が、心臓を圧迫するほど大きくなるから。

十和子はまたふらふらと歩き出した。

（ほら、あの路地にあるかもしれないわ）

塀と塀の切れ目があった。その間の小道を覗いたら、もしかしたら震災の日に戻れる入り口があるのではないか。

そこを通り抜けたら、一年半前のあの日に帰れるのだ。

（そうしたら、お店に行くんだわ）

店を訪問してこう言うのだ。

わたしは女学校にいないのよ、と。

だから来なくていいの、と伝える。女学校のほうに来ちゃだめだと言う。

お昼時だったが、すぐに火を消したから、店は火事にならずに済んだ。崩れたのは余震のときで、一度目の揺れのときは建物がもったから、ハルたちや客は店の外に逃げられたのだ。

そこに留まっていたら、何事もなかった。女学校になんて行かなければ、彼はまだ笑っていたはずだ。

（ほら、もしかしたら、あるかもしれない）

過去へと戻れる穴がぽっかりと空いているかもしれない。だが、その小道を覗こうとしたところで、腕をぐいっと引かれた。

何度も店を訪れたチンピラがにやにや笑いながら、十和子の腕を引いて路地に引きずり込んだ。

「何をするのよ！」

「困るんだよ、桐谷の社長に土地を売られちゃ」

「は？」

「あんな土地でも、今ではまああの値段で売れるんだ。ちょっとした小金持ちが買ってくれるんだよ。それなのに、あんなぼろい店なんかやりやがって。隣の土地と合わせりゃ、わりにでかい建物が建てられるっていうのに」

チンピラが吐き捨てる。十和子はきつくにらんだ。

「誰にも売らないわよ、あの土地は。あなたたちにも、桐谷さんにもね！」

「なんだって、あの店にこだわるんだ。おまえも女コックも。一哉は死んだんだろう？」

めまいがするような激しい怒りに襲われて、十和子は腕を振り払った。

「死んでないわ！　帰ってこられないだけよ！」

十和子の抵抗に舌打ちすると、チンピラはこぶしを握りしめた。

殴られると反射的に目を閉じると、岩を砕くような鈍い音が響いた。

驚いて瞼を開くと、桐谷がチンピラの襟を摑んでいた。チンピラは無様に鼻血を流していて、だらしなく着崩したシャツも桐谷がはめた白い手袋も赤く染まっていた。

「彼女は俺の妻になる女だ。殴ろうとするなんて、いい度胸だな」

「し、知らないよ、そんなこと」

「そうか、そうか。だったら、身体に教えておいてやる」

桐谷がチンピラの鼻を殴る。またもや鼻血が散って、十和子は口を覆った。

桐谷は、今度はチンピラの腹を殴った。立て続けの素早い攻撃にチンピラは対応できずにいる。

「き、桐谷さん、やめてください」

十和子は首を横に振った。痛々しくて、とても見ていられない。

けれど、桐谷の殴打はやまなかった。何度も何度もチンピラは身体を曲げた。

「やめてください！」

十和子は彼の腕に取りすがった。このままでは男が死んでしまうのではと必死だった。

「君が殴られるところだったんだぞ」

「そ、それでもやりすぎです。お願いですから、もう殴らないでください」

このチンピラにはいやな思いをさせられてきたが、だからといって、あまりにも痛めつけすぎだ。

「……わかった」

桐谷が腕を下ろした。それが合図のように、彼の怒りがみるみるうちにしぼんでいく。

桐谷は片手で顔を覆った。さっきまでの剣幕が嘘のように悄然(しょうぜん)としている。

チンピラは腹を押さえてうめきながら逃げていく。十和子は彼を見送ると、桐谷を見つめた。

「あの、手は大丈夫です?」

十和子は誰かを殴ったことはないが、癇癪を起こしてバッグか何かを叩いたことがあった。そのときは手のほうが痛くなって、二度とこんな馬鹿な真似はやめようと思ったほどだ。殴られたチンピラは痛かっただろうが、殴った桐谷だって痛かったのではないだろうか。

「大丈夫だ」

「そう言われても心配です。手を見せてください」

十和子は血を吸った桐谷の手袋を引っ張った。けれど、濡れた生地が肌にくっついて、うまくはぎとれない。

「かまわない。ほっといてくれ」

心配でたまらず、十和子は少し強引に手袋を引いた。

「やっぱり怪我をされているんでしょう？　とにかく見せてください」

(この血はもしかしたら桐谷さんのではないかしら)

殴った際に自分が怪我をしたのを隠しているのではないか。

一刻も早く手を確認したいのに、桐谷は指を曲げて、十和子の邪魔をしようとする。

「桐谷さん！」

「……わかった」

眉を寄せて見つめると、彼が深くため息をついた。

桐谷は自分で手袋をはずす。あらわになった素肌に十和子は喉を鳴らした。

「あの、これは……」

桐谷の手にはひどい火傷の痕があった。掌まで皮膚がひきつれて痛々しい。

「これがあるから見せたくなかった」

「ご、ごめんなさい。あの、これは、いつ？」

つい質問してしまったのは、火傷の痕がさほど古いものではなさそうだったからだ。ここ数年の内にできたような痕だった。

「震災の日だ。俺の邸も燃えてしまってな。出先から戻ったときは、手のつけられない状態だった。中に妻がいて、助けようと入ったが……」

桐谷は片手で瞼を覆う。十和子は手を握り合わせてうつむいた。

（助けられなかったのだわ）

手の火傷は燃えさかる障害物を除こうとしてできたものなのだろう。ずっと手袋をしているのは、火傷の痕を誰かに見られないようにするためなのだろうか。

（それとも、自分の目に触れないようにするためかしら）

見れば、心が火傷しそうになってしまうから、ずっと隠しているのだろうか。

「あのときに決めた。守れないくらいなら、大切なものなどつくらないほうがいい」

「そんなことありません！」

十和子は下ろされたほうの腕を摑んだ。

「そんなことないわ。大切なものは必要です。心の支えになるもの」

店を守るという気持ちは、ときにくじけそうな十和子を支えてくれた。

「だから、桐谷さんも……その……」

十和子は唇を嚙んだ。

「わたしじゃなく、他に大切な女を——」

「一哉というのは、君の好きな男なのか？」

彼は顔を覆った手を下ろすと、唐突にたずねる。真剣に見つめられて、言葉につまった。

「あの店にこだわるのは、その一哉とかいう男と関係が——」

「一哉さんは好きな男じゃありません！」

否定の叫びは細い路地にひどく大きく響いた。十和子は片耳を押さえると、声を抑える。

「一哉さんはわたしの兄なんです」

「兄？　他に兄弟がいるなんて聞いたことがない」

「一哉さんは異母兄なんです。父が手を出した女中が産んだ子です。父はその女中を追い出したんです。だから、一哉さんは父から認知されていない、朝倉の家族と認められていない人なんです」

十和子は胸の奥から変な感情がこみ上げてくるのを感じた。

笑いたくて怒りたくて、最後に泣きたくなる——そんな奇妙な衝動に襲われて、唇を歪ませる。

「父親が認知しなかった兄をなぜ君が知っているんだ？」

「二年前に父と母が亡くなったときに、知ってしまったんです。遺産のことで、兄が親戚と話しているのを聞いてしまって……」

兄は気づいていないだろう。十和子が物陰に隠れて聞いていたことを。

「知ってたんですよ、父がしたことは。母が兄を身ごもっているときに、女中に手を出したんです。誰もはっきり言わなかったけれど、女中や使用人たちの断片的な会話を繋ぎ合わせたら、簡単に予想できました。でも、兄の口からはっきり聞いたのは、そのときが初めてでした。兄はこう言っていたんです。父が認知しなかった子だし、赤の他人も同じだから、父が亡くなったことを報せる必要などないって」

女中の子に連絡するかと親戚にたずねられでもしたのだろう。

十和子はそのとき猛烈に腹を立てたのだ。義憤にかられ、兄が言わないなら自分が伝えようと決めた。

「探偵に頼んだんです。女中の子を探してくれって。兄がどこにいるかも知らないってうそぶいていたから」

「ここまで案内してくれたあの太一とかいう探偵か?」

十和子は落ち着きのない太一を思い出してくすりと笑う。

「太一さんはまだ見習いなんです。調べてくれたのは、太一さんがいる探偵事務所の所長さん」

女中は関西が故郷だった。彼女の死後、一哉は故郷を飛び出したという。未婚の母への目は冷たく、一哉もずいぶんいじめられていたらしい。

それからは、あちこちでコックの修業をしたという。ほどなくして上京し、有名な店で修業を続けた。そうしているうちに、あの店を譲られ、独立することになったらしかった。

「引退して廃業するというご老人から古い食堂を譲られたんだそうです。あの店にいると知ったから、会いに行きました」

同情なのか興味なのか、それとも兄や父への反発からなのか、今となっては何が十和子を突き動かしていたのかわからない。

だが、しゃにむに彼と会わなくてはいけないという義務感にかられて、ななつぼし洋食店を訪れた。

「あの日のこと、今でもよく思い出します。背の高い男の人が店の前の鉢植えに水をやっていたんです。ずいぶん真剣な顔をしていて、それで声をかけそびれたんです」

歳の離れた兄と同じ年頃の青年だった。目元がやさしげで、まとっている空気が静かで温かだった。もっと険しい人物を想像していたものだから、ひどく驚き、なんと声をかけていいかわからなくて、ぼんやりと立ち尽くしていた。そうしていたら、彼が十和子に気づいたのだ。

「いらっしゃいって言ってくれたんです。おかえりって言うみたいなやさしい顔で」

だから、十和子は何も言えなくなってしまった。急に罪悪感が生まれてしまったのだ。

いったいどの面下げて彼と会うつもりだったのだろう。十和子は華族の令嬢として、何不自由なく暮らしてきた。かたや、一哉は母を亡くしてから故郷を飛び出し、日夜コックの修業に明け暮れていたのだ。きっと苦労したに違いない。

『中へどうぞ』

そう言われて、十和子は店に入った。その日はオムライスを食べて終わってしまった。

「それから、ずっとお店に通ったんです。まずは親しくなろうと思って」

女学校の帰りに、あるいは休みの日に。十和子はなじみの俥に乗って店に通った。

「華族令嬢の君にそんな自由があったのか?」

「兄は本邸に住んでいたんですけど、わたしは女学校に近い別邸で暮らしていたんです。なじみの俥を使って門限までに帰れば、邸の者はとやかく言いませんでした」

十和子の気性を知っている邸の者たちは、頭ごなしに十和子を押さえつけたら反発するとわかっていたのだろう。節度を守れば、程々に自由な時間をくれた。

そのうち、一哉の修業仲間で、店の立ち上げから働いていたハルとも親しくなって、十和子は立派な常連客になっていった。しまいには厨房にまで入れてもらい、一哉から料理を習うようになった。

『十和ちゃんは才能あるな。俺が休みたいときは代わってもらおうかな』

そんな戯れ言を交わして笑い合うようになったのに、肝心なことはいつまで経っても口にできなかった。

「仲良くなったら本当のことを話せると思ったんです。でも、かえって話せなくなってしまった」

築き始めたやさしい関係を壊すことになるのではないかと怖かった。どうして黙っていたのかと責められそうで恐ろしかった。

「いつか言おうと思いながら、でも、隠していたんです。そうしたら、あの日が来てしまった」

桐谷がぎゅっとこぶしを握る。十和子はいたたまれなくなって、うつむいた。

「揺れが収まったら、一哉さん、何を思ったのか、ハルちゃんにこう言ったんだそうです。わたしが心配だから、女学校の様子を見に行くって。でも、それから帰ってこないんです。一日経っても、一週間経っても、一カ月……一年経っても、一哉さん全然帰ってこないんです」

女学校のある区は火災のせいで焼け野原になるほどだった。熱風と竜巻のような火炎が舐めるようにすべてを燃やし尽くしたという。

「震災からひと月が経ったころ、ハルちゃんにすべての事情を打ち明けて、誓ったんです。一哉さんが帰ってくるまで、わたしがお店を守るって」

「店を守る?」

「指切りしたんです、一哉さんと。一哉さん、自分に何かあったら、店を守ってくれって言ってたから」

土地の名義を十和子とハルのふたりに変えて店を再建し、営業を始めた。すべては一哉が帰ってきたとき、元通り働けるためにだった。

「帰ってきたときに、お店がないと困るじゃありませんか。わたし、新聞で読んだことがあるんです。震災のときにひどい怪我をして記憶をなくした人が、たまたま家の前を通りかかったときに記憶を取り戻したって」

「だから、店を守っているのか?」

桐谷の問いに懸命にうなずいた。

「一哉さん、せっかく自分のお店を持ったんです。なくすわけにはいかないでしょう?」

桐谷が悲しそうにしているから、十和子はますます必死になった。

「だって、帰ってくるかもしれないのに。もしかしたら、明日にでも帰ってくるかもしれないわ」

そうしたら、きちんと話すのだ。

自分は一哉の妹だということ。彼には家族がいるということ。

『俺には家族がいない』

一哉がそう話しているのを聞いたことがあるから。

「なんでななつぼしなんだ？」

いきなり問われて面食らってしまう。

「店の名前だ」

「一哉さんがつけたんです。修業中、初めてお客さんからおいしいって言われたとき、夜空に浮かんだななつ星がとてもきれいだったんですって。縁起がいいからつけたって話してくれました」

ななつ星は見つけやすい星だから、さらに縁起がいいなんて言っていた。一哉がおたまを振りながら話すものだから、十和子は飛んでくる飛沫(しぶき)を避けながら怒ったものだった。

「わたし、あの店を守らなくちゃいけないんです。一哉さんが帰ってくるまで」

「……わかった」

頭の上に手を置かれて、十和子は桐谷を見上げた。困ったような悲しそうな顔をしている。

「桐谷さん、わたし……」

「これからどこへ行くんだ？　付き合う」

十和子は息を呑んで、首を横に振った。

「今日はもういいんです。それより、桐谷さんこそどこか行くところがあるんでしょう？」

彼がここにいるということは注文品を届けに来てくれたのだろう。確か用事があると言っていたが、それは済ませてしまったのだろうか。

「月命日だから、妻の墓に」

「じゃあ、わたしも一緒に行きます。その……変な意味はありません。おひとりがいいんだったら、お邪魔はしません」

話を聞いてくれた桐谷にお礼がしたかった。一緒に行くことがお礼になるかわからないけれど。

「あの……」

「今日くらいふたりで行ってもいいだろう」

桐谷がぶっきらぼうにつぶやいて、十和子の手を引く。彼の掌の大きさ、温かさに涙腺（るいせん）がゆるみそうになる。

狭い路地を抜けると、外の世界はまばゆく光っている。十和子は彼に手を引かれるまま、ゆっくりと歩いていった。

　数日後、十和子は店の前を掃き清めると、鉢植えに水をやった。

（次は何を植えようかしら）

　小さな店の前を飾る鉢植えは季節ごとに植え替えている。一哉がしていたことを十和子も引き継いだのだ。

（一哉さん、土をいじっているときは楽しそうだったわ）

　芽の出ないひまわりを真剣に励ましているときは涙が出るほど笑った。在りし日の思い出が甦（よみがえ）ると、喉の奥がすりむいたようにひりひりと痛くなる。

　次は百日草（ひゃくにちそう）なんかいいかもしれないと気をまぎらわすために考えていると、ハルが店の前に出てきた。

「十和ちゃん、次は何を植えるの？」

「何がいいかしらねぇ」

　頬に手を当ててぼんやり考えると、ハルが鉢の前にしゃがんだ。

「一哉が植えなかったのを植えなよ」

ふたりの間に沈黙が落ちた。十和子は思わず口走ってしまう。

「ハルちゃん、わたし、桐谷さんとの結婚はお断りしようと思うの」

「なんでさ」

「だって、わたしにはこのお店があるもの。お店が一番大切なのに、桐谷さんとは結婚できないわ」

見合い直後は店を守るためにも体裁上の夫が必要だと考えていたが、身勝手だと思い知った。彼を支えるのは、彼を一途に愛する妻だ。

「わたし、結婚しちゃだめだと思うの」

ハルがゆっくり立ち上がって腰に手を当てる。

「別にいいじゃない、結婚したって。そのうち一番になるかもしれないよ」

「ならないわよ」

「一緒にいたら、社長さんだってお店と同じくらい大切になるんじゃない？　あたしは大切なものがいっぱいあってもいいと思うけど」

「そんな……」

「それに、あたしに言うより本人に言ったほうが早いと思うよ」

ハルが十和子の背後を指さす。振り返ると桐谷が立っていて、十和子は跳び上がりそうになった。

「な、なんで、いらしたんです？」

「君の様子を見に。あと、いい絵を見つけたから、君にやろうと思ってな」

風呂敷に包まれた板のようなものを差し出され、思わず受け取ってしまう。

「絵ですか？」

「絵が欲しいと言っていただろう？」

片手で支えて風呂敷をほどくと、中から夜空を見上げる少年の絵があらわれた。空には無数の星が輝いている。ひときわ大きく描かれているのはななつ星だ。

「気に入らなかったら、引き取ろう」

「いいえ、もらいます」

少年は未来を夢見ていたころの一哉であり、桐谷なのだろうか。

胸の中に熱が広がっていく。十和子は頭を深く下げた。

「ありがとうございます」

「結納は半年後だ」

強く断言されて、十和子はびっくりして顔を上げる。

「指切りしただろう。俺は針千本も呑めないぞ」

「それは互いに干渉し合わないという約束で……」

「結婚が前提条件だろう？　その条件すら履行できないなら、違約金は針千本だ」

桐谷の弁に十和子はとっさに反論を思いつけなかった。天を見ながら考え込んでいると、彼が十和子の肩をぽんと叩く。

「では、忙しいから帰る」

「ま、待ってください。せめて、お昼ごはんでも食べていってください」

思わず腕を摑んでいた。驚いたような彼に、ぎこちなく微笑んだ。

「どうか、食べていってください。うちの料理を」

ななつぼし洋食店の味を彼に紹介したかった。彼が十和子を妻にしてくれるというなら、なおさら自分の大切な店の味を知ってもらいたかった。

「……いただこう」

うなずいた桐谷を店に案内して、十和子は絵を空いたテーブルに置くと、厨房に入った。

「ハルちゃん、わたしが作るから」

手を洗って割烹着と三角巾を身につけると、戦闘開始だ。コンロに火をつけて、まずは炒めた鶏肉に溶き卵を加え、卵に鶏肉の旨みを吸わせて、具のひとつにする。他の具材を入れて、最後にごはんを投入。お酒や醤油を下味に、ケチャップを加えて、ひたすら強火でフライパンをあおるのはなかなかしんどいが、ここが肝心と集中する。ケチャップライスができあがれば、次は卵だ。

『十和ちゃん、卵は火加減が命だからな』

一哉の焼く卵は艶々した黄金色で、真っ赤なライスを金の布のように包んでいた。

『オムライスの卵は、赤ちゃんを抱くお母さんの腕みたいに、やさしくライスを包んでいなくちゃいけないんだから』

フライパンに薄くのばした卵の表面が軽く色づいたら、ライスをのせる。フライパンを動かしながらきれいに包むのは、簡単なようで本当に難しい。

皿にきれいに伏せて、ふきんで形を整える。表面の飾りにケチャップを絞ってできあがり。

湯気が立つうちに桐谷が座ったテーブルへ運んだ。

「どうぞ」

「本当に君が作ったのか?」

半信半疑の顔にむっとした。

「もちろんです。これでも、料理は得意なんですから」

お裁縫（さいほう）は怪しいが、料理は好きだ。店では給仕をすることが多いが、忙しいときは作り手にもなる。

桐谷は怪訝(けげん)な顔つきを隠さず、手袋をはめた手でスプーンを持ち上げる。半分に割ったオムライスを口にして、目を見張った。

「うまい」

「本当ですか?」

「ああ、うまい」

桐谷がスプーンを盛んに動かす。胸の内がほんのりと温かくなる。

一哉の言葉を思い出す。

『うまいって言われるのは料理人にとって最高の褒め言葉なんだけど』

試作品として出された料理をおいしいと言ったとき、一哉がそう笑った。

『最近、気づいたんだ。とりわけ大切な人から言われるうまいは、特別なんだって』

(いつか桐谷さんのうまいって言葉が、もっともっとうれしく聞こえる日が来るのかしら)

彼の言葉がなつ星のように輝く日が来るのだろうか。

減っていくオムライスの黄と赤と、動き続ける桐谷の手袋の白と。

十和子は幸せと呼ぶにはささやかな喜びを感じながら、いつまでも目を離せなかった。

〜決意のポークカツレツ〜

頰に水滴が落ちてきたような気がして、十和子は高台の寺へと続く坂の途中で足を止めた。空を仰ぐと、黒目がちな二重の目をさらに大きくした。

六月初めの空は絵具で塗ったばかりのような瑞々しい青に染まっている。けれど、梅雨の先触れを告げるような灰色がかった雲が、ところどころを覆って不穏だった。

(お着物が天気雨でも誘ったのかしら)

十和子が着ている銘仙は、薄桃から紫にいたるグラデーションが鮮やかで、裾には紫陽花が咲いている。流水紋が入った帯は海のような青色が爽やか。帯留めも紫陽花を模ったもので、雨の日すら楽しく過ごせそうな組み合わせにしてみた。

(それとも、ちょうど太陽が隠れたからそう思ったのかしら)

不可解な感覚にあれこれ理屈をつけているうちに、桐谷はどんどん先を行く。

少しウエストを絞ったダークグレーのスーツを隙なく着こなしている男は、墓参りのあとは仕事に行くのだと言っていた。見合いを済ませて間もないというのに、十和子を気遣うそぶりも見せない。

風呂敷を右手に持ち、左手に提げた水を入れたバケツには花束と柄杓を突っ込んで、機械のように休みなく足を動かしている。

(桐谷さんは本当にわたしをかまわないかたね。むしろそのほうがいいけれど)

それは彼との結婚の条件だった。

桐谷と見合いをしたのは、桃の花が咲くころだ。女学校を卒業する前から持ち込まれる縁談を断り続けていた十和子だったが、さすがに限界を感じだしたころにあらわれたのが、『桐谷土地』の社長だった。

桐谷は前妻を亡くしたものの、いまだ三十歳。再婚の勧めはうるさいほどだったらしいが、十和子との縁談を受ける気になったのは、伯爵という爵位持ちで、貴族院議員である十和子の兄と縁続きになれば、土地の買収・開発に便利だと考えたからだろう。

一方、十和子が結婚を承諾したのは、成金と呼ばれる彼と結婚すれば、苦境にあえぐ伯爵家の家計を助けられるという目論見（もくろみ）だけではなかった。桐谷は違う意味で理想の結婚相手だったのだ。

十和子は華族令嬢だというのに、洋食店を営んでいる変わり者だ。結婚に消極的だったのも、夫になるであろう相手から店の営業の邪魔をされたくないからだった。

ところが、桐谷は十和子の好きにしていいと言ってくれた。形だけの妻でかまわないと約束してくれたのだ。

桐谷との結婚が決まれば、もう周囲から見合いを勧められることもなくなる。かえって自由になるのと同じだと、十和子は結婚を承諾した。

桐谷は実に〝親切な〟男だ。それはわかっているつもりなのだが――。

(足が速すぎるわ。もう少しゆっくり歩いてくれてもいいのに)

大柄な桐谷とは元から歩幅が合わないのに、買って間もないぞうりに足が慣れていないせいで、さっきから遅れ気味なのだ。

はぁと大きな息を吐いてから、のろのろと歩き出す。

(よっぽど仕事に行きたいのかしら。それとも、咲子さんに早く逢いたいのかしら)

広い背中を見つめながら、桐谷の心中を想像する。

咲子は桐谷の前妻だ。一昨年、帝都を壊滅させた関東大震災の折に亡くなった。住んでいた邸で発生した火事から彼女を救おうとした桐谷は、掌に火傷を負っている。傷痕を隠すように常にはめられている手袋は、後ろめたさを拭うには白すぎた。

「桐谷さん、少し待ってくださいな」

辛抱たまらず吐き出した懇願の声には、聞き苦しい荒い息が混ざった。

振り返った桐谷は軽く眉を寄せている。

顔立ちは精悍というよりも粗野に近い。濃い色の肌に、頬骨の張った輪郭。逆三角形の目つきがいささか怖い。

「もう歩けないのか?」

「ぞうりが足に合わなくて。おまけにこの坂道ですもの、足がだるくて……」

子どもみたいにぷっと頰をふくらませてしまう。

最近は歩き回る機会が多い十和子だが、悪条件が重なると、さすがに足が悲鳴をあげる。元々、遠方への移動は車か人力車に頼っていたから、足腰が軟弱なのかもしれない。

咲子の——桐谷家の墓は見晴らしのよい丘の上にある。空が近く感じられる眺望抜群の墓所なのだが、下から歩いていくのは、十和子にとって山登りに近い。

「だから、無理して来なくていいと言ったんだ」

嚙んで含めるように言われて赤面する。

ひ弱な娘だと呆れているのだろうか。

思わず言い訳がましいことを口走っていた。

「わたしは桐谷さんの後妻になるんですよ。挨拶は欠かせないじゃありませんか」

桐谷は体面を守るための結婚相手に過ぎない。だからといって、前妻への義理を欠くのはいやだから、十和子は月命日の墓参にはできるだけ桐谷に付き合おうと考えているのだが——。

「気遣いはいらないぞ」

「……足手まといですものね」

歩を止めた桐谷に追いつくと、大きく息をする。何度か繰り返して、呼吸を落ち着かせた。

「そういうわけでは――」

「いいんです。本当のことですもの」

情けなさや申し訳なさを隠すために、あえて強弁してしまった。彼の後妻となるのだから、咲子にきちんと挨拶したいという気持ちはあっても、足がついていかない。本当にみっともないことだ。

「君はその……条件が合致しての妻なんだから、俺に無理して付き合わなくていいんだぞ」

桐谷の発言は、政略結婚というふたりの関係を思えば、ある意味適切なのかもしれない。

それなのに、十和子は越えてはならない境界線をふたりの間に引かれたような寂しさを覚えずにはいられなかった。

（身勝手な考えだわ……）

十和子が咲子の墓に赴きたいと考えるのは、桐谷への共感が根底にある。

大切な人を震災で失った――そんな思いがある。

（いいえ、わたしは失ってはいない――）

ぷかりと湧いた思いにふたをするように、あわてて否定した。

十和子の大切な男——腹違いの兄、一哉は震災の日から帰ってこない。行方不明になっただけだ。いつか帰ってくる——そう信じて、十和子はコックである彼が営んでいた洋食店を守っている。

（桐谷さんとは違う……）

大切なものを永遠に失った桐谷とは違うのだ。

そこまで考えたところで、十和子は顔をしかめた。浅はかで醜い思考にうんざりしたのだ。自分と他人の境遇を比べて優越感にひたっているようで、ひどくみっともない考えに思えた。

「どうした？　そんなに疲れたのか？」

桐谷に問われて、十和子は自然とうつむいていた頭を勢いよく持ち上げた。

「いいえ、疲れてなんかいません」

「しかし、苦しそうに顔をしかめていたぞ」

桐谷の指摘に、十和子はわざとらしいほど首を左右に振った。

「気になさらなくてけっこうです。少し足がだるいのは確かですけれど、わたしは大丈夫ですわ」

十和子はぎくしゃくと足を動かしだした。

桐谷とは違い、自分には希望が残されていることを確認して喜んでいるなんて、どうかしている。罪悪感を抱えて、ますます重くなった身体を引きずるように歩いていると、桐谷が一歩、十和子を追い越した。

「も、もう、桐谷さんたら速い――」

だが、あと少し登れば咲子の墓というところで、彼は足を止めた。追いついた十和子はほっと息を吐き、目を丸くした。

墓や卒塔婆が並ぶ中、桐谷家の墓と思しき石塔の前に青年が立っている。

「あら、先客がいらっしゃるわ」

横顔しか見えないが、二十代半ばくらいと推察される青年だった。スーツをすっきりと着こなした青年は、こちらに気づく様子もなく、一心不乱に手を合わせている。

「桐谷さん、お知り合いですか？」

あまりに熱心なものだから、さては身内かと何気なく桐谷を見上げた十和子は、ぎょっとした。桐谷が眉間に深々と皺を刻み、まるで射るような眼差しで青年をにらんでいるからだ。

「き、桐谷さん？」

その迫力たるや、長年追い求めてきた親の仇をようやく探し当てたようで、十和子は思わず喉（のど）を鳴らした。

「き、桐谷さん？」

再度呼びかけるものの、彼はまったく反応しない。十和子は青年と桐谷を何度も見比べ、困惑しきった。

（どうしたらいいのかしら）

いっそのこと青年に自分たちの存在を気づかせたほうがいいのか。

手を挙げて青年に振りかけたが、複数の足音がして警戒心が湧く。

「いたぞ、あそこだ！」

青年の斜め後方――ちょうど山手の側から数人の男たちが走ってくる。青年を指さしている者がいれば、足を止めてカメラをかまえている者もいる。

「な、何かしら」

予想もつかない展開に呆気にとられていると、青年は彼らを振り返り、泡を食って男たちから逃げ出す。追手の反対側――すなわち十和子たちがいるほうへ駆けだした青年は、こちらに気づいて、ぎょっとしたように足を止める。

「待ってくださいよ！」

男たちは墓の間の狭い道を縫いながら、青年へ迫ろうとする。青年は意を決したように十和子たちのほうに走ってきた。

桐谷の横を通り過ぎるとき、ふたりの視線がほんの一瞬交わった。

火打ち石をぶつけたような幻の火花が散って、十和子を驚かせる。

（なんなのかしら）

どうしようもなく気になって、青年の背中を目で追っていると、いくつもの足音が迫ってきた。青年と同じように通り過ぎかけた男たちの前に、何を思ったのか、桐谷が無造作に足を出す。

「うわっ！」

中のひとりがつまずいて、派手にこける。大げさなほどに悲鳴をあげて転がると、今度は弾かれたように起き上がった。

「おい、何するんだ！」

「勝手に転んでおいて、いちゃもんをつけるのはよしてくれ」

桐谷の言い分に口をぱくぱくとさせてしまった十和子だ。足を伸ばして邪魔をしたのは桐谷なのに、いったいどういう了見なのだろう。

（そうよ、どうして）

青年を仇敵のようににらんでおきながら、結果的に逃亡を助けたのだ。桐谷の考えがよくわからない。

「ふざけるな。あんたが足をかけてきたんだろうが！」

「こんな場所で走り回るほうが悪い」

殴りかかりそうな勢いでくってかかる男に、桐谷は平然としている。

十和子は桐谷の腕を引いた。

「桐谷さん、もうよしてください」

ふと十和子を見下ろした彼の瞳から力が抜ける。どうやら冷静さを取り戻したようだ。

「あんた、もしかして、あの人の関係者か？」

男の問いに桐谷がむっとしたように眉を寄せる。

「だったら何か話でも聞かせて――」

「おい、早く追うぞ」

背後からやってきた中折れ帽子の男は、桐谷を脅すようにひとにらみしてから、転んだ男をうながす。

「もう相手にするな。とにかく急いで追うぞ。もしかしたら、これから逢い引きかもしれないんだから。吉井(よしい)さんが言ってたんだ。部屋に飾っていた美人の絵は、恋人かもしれないってな」

男たちはそんなことを話しながら、青年を追っていく。

あっという間に走り去る男たちをつむじ風に襲われたような心地で見送っていると、桐谷が無言のまま歩き出した。向かうのは咲子の墓だ。

十和子はあわてて彼を追う。

やや丸められた彼の背中は、あらゆる問いを拒むような厳しい空気をまとっている。

彼との間にできた見えない壁を越えるべきか迷っているうちに、咲子の墓所についた。

低い塀に囲まれた墓は掃除を済ませたばかりのようにきれいだった。桐谷家の名が刻まれた黒御影石の石塔は、ぴかぴかに磨かれている。

器に入った水は澄んでいるから、取り替えられたばかりなのだろう。両端に備えつけられた花立てには、金糸梅が生けられている。鮮やかな黄色の花は、梅雨空の鬱屈を束の間払うように凛としている。

桐谷はひとしきり眺めると、自分が持ってきた花束を新聞にくるまれたまま無造作に脇に置く。

「桐谷さん、一緒に生けたらよろしいのに」

「いや、これでいい」

厳しい表情に怯んだが、十和子は勇気を奮って墓に近づく。しゃがんで新聞をほどき、桐谷の花を取り出した。百合や小紫といった花たちを金糸梅と一緒に生ける。

生け花の要領で花の格好を整えていると、桐谷が隣に並んでしゃがんだ。

「せっかくのお花がかわいそうですわ。咲子さんだって、桐谷さんのお花が見たいはずです」

「それはないな」

桐谷が自嘲気味につぶやいた。

皮肉っぽく唇を曲げて、彼は墓石を見上げている。

「咲子はあいつの花のほうを喜ぶだろう」

「まあ、そんなことは――」

戸惑っている十和子をよそに、桐谷は風呂敷を広げ、蠟燭とマッチを取り出した。

蠟燭を蠟燭立てにさすと、マッチに火をつける。ゆらめく紅い火を見つめながら、桐谷は低くつぶやいた。

「あいつは咲子の恋人だった」

「え？」

思いもよらぬ発言に面食らっていると、桐谷は蠟燭に火を移す。マッチを地面に落とすと、靴の先で踏みにじった。

「あいつは咲子の幼なじみなんだ。咲子が死ぬ半年前には、連日のように通ってきた」

「そ、それだけで恋人と決まったわけでは……」

「恋人だ。咲子はあいつに腕時計を贈っていた。俺が咲子にやったものだ。咲子は大切にすると言っていたが、それを奴に与えたわけだ」

桐谷の話しぶりは淡々としていた。もしも彼の言葉が事実なら、怒りや憤りを覚えてよさそうなものだが、もはやそんな感情とは無縁になったのだろうか。

(咲子さんが亡くなってしまったから?)

彼の横顔はひどく静かで、本当の気持ちが窺えない。

「……腕時計だけで決めつけることはできません」

十和子はなんとかそれだけを絞り出す。

だが、桐谷は十和子の言葉など聞こえないように、ただ、蠟燭の火を見つめている。

「あいつに愛想をつかされても仕方ない。俺は仕事ばかりで、咲子を気遣うことをしなかったからな」

桐谷はそう言うと、桐谷家の名が刻まれた墓石に目を向ける。

「最期の日があんなに早く来るとわかっていたなら、咲子をあの男のところに行かせたらよかった」

力なくつぶやいた言葉に息が止まりそうになる。

「そんなこと……」

ないと否定したいのに、彼の悔恨がナイフのように胸をえぐって何も言えなくなる。

(咲子さんの心はどこにあったのかしら)

もはや永遠に答えの出せない問いを抱えてしまった十和子は、手を合わせることも忘れ、墓石の名を何度も何度も視線でなぞっていた。


二日後のことである。

十和子は営んでいる洋食店の厨房(ちゅうぼう)で声をひそめて咲子の墓参りの顛末(てんまつ)を話していた。

ハルは腕を組み、瞼(まぶた)を閉じて聞いている。

職業婦人は世に多いといっても、ハルのような女のコックはまだ珍しい。洗っても落ちないソースの染みを白いコック服のあちこちに散らしたハルは、十和子の語りが終わると、おもむろに目を開ける。断髪によく似合っている太く凛々(りり)しい眉が跳ね上げられた。

「そいつは間男ってやつだね、十和ちゃん」

「まあ、間男だなんて」

こそりとたしなめてから、店に通じる出口に垂らした目隠しの暖簾(のれん)をそっとかきわけた。

昼をとっくに回った店内は、夜の営業に備えた中休みの時刻が迫っているせいか、客はひとりしかいない。八卓あるテーブルのひとつを占拠しているのは、咲子の墓参りをしていた青年だ。

すっきりとした頰を縁取る栗色の髪はやわらかそうで、猫のようなつり気味の大きな目は、ポークカツレツを頰ばるたびに、幸せそうに細められる。

細身の身体に着ているのは、白いシャツとグレーのウエストコート。同色の背広は椅子の背にかけて、皿に盛られたごはんとポークカツレツをもりもり食べている。気持ちいいくらいの食べっぷりは、つい見とれてしまうほどだ。

「とても間男には見えないわ」

「人は見かけによらないもんだからね、十和ちゃん」

十和子よりも十は上のハルは、年長者の威厳を滲(にじ)ませてうなずく。

「爽やか好青年って風情だけど、そんなお兄ちゃんこそ怪しいんだよ。社長さんみたいな目つきの悪い男が、意外と浮気もしない誠実派だったりするんだよねぇ」

「目つきが悪いってひどいわ、ハルちゃん」

ハルが社長さんと呼ぶ桐谷の顔つきは、確かに怖い。ポークカツレツをうまそうに食べている青年とは正反対だ。

「それにしても、なんでうちの店に来たんだろうねぇ。今度は十和ちゃんを誘惑するつもりかな」

まさかねぇとつぶやきながら、ハルは十和子に背を向け作業台へと向かう。

野菜の皮を剝いたり、肉を切ったり、夜に備えてやらなければならないことは、たくさんある。

「わたしを誘惑するだなんて……」

信じられないと首を左右に振った。

十和子は桐谷の妻になる予定だが、ふたりは形だけの夫婦になると約束している。

桐谷は華族との結婚は仕事に有益だと考えたから、十和子を選んだ。

十和子は結婚を勧められることがなくなるし、経済的に困窮した家のためには桐谷との結婚が必要だと判断した。

両者とも損得勘定の上で決めた結婚である。

十和子が間男をこしらえたところで桐谷は困ることなどないだろうし、十和子だって彼が愛人を囲っても文句など言える立場にない。

（だから、あの人がわたしを誘惑しても無駄なのよね）

と思うものの、一度火のつき始めた想像は勝手に走り出してしまう。

あの青年は、十和子と桐谷が契約を交わした上で結婚しようとしていることなど知らないはずだ。もしかしたら、桐谷が十和子を本気で好いて結婚しようとしていると、勘違いしているのかもしれない。だから、十和子を堕落させて、桐谷を絶望させようと目論んでいるのではないか。

（復讐のためというのが一番納得できるのよね）

桐谷に咲子を奪われた恨みを晴らすため、今度は自分が十和子を奪ってやろうとでも考えているのだろうか。

（ないとは思うけれど、もしかしたら、桐谷さんのお仕事絡みかしら）

『桐谷土地』は土地の売買収や集合住宅の開発で急成長している会社だ。

帝都は震災以後、都心の再開発が進み、下町の土地さえ値上がりしている状況だ。鉄道の路線延長もあり、郊外に引っ越す者も多いのだが、その郊外も地価が上昇を続けている。彼もなんらかの影響を受けて、恨みを抱くことになったのだろうか。

いろいろな可能性を考えつつ、下拵えの手伝いをしようと作業台を振り返ると同時に、ハルの悲鳴があがった。

「うわぁ」

「ハ、ハルちゃん?」

「十和ちゃん、見て、これ見てよ!」

腰が抜けたような悲鳴をあげながら、ハルが突き出したのは、新聞だった。お客さんが置いていったものだろう。

「ど、どうしたのよ!」

「とにかくこれ見て!」

店内に漏れないよう小声だったが、ハルの瞳は雄弁だった。四の五の言わずこれを見ろと命じる目つきに押され、十和子はハルの差し出した新聞を受け取る。

めったに読まない芸術欄が開かれていた。なにげなく視線を滑らせ、十和子は目を剝いた。

「こ、この写真……!」

「あの間男だよ!」

ハルの興奮は十和子にも伝播(でんぱ)し、頰が火照(ほて)りだすのを感じながら記事を読み進める。

「仏国(フランス)パリで話題をさらった気鋭の画家・黒川英悟(くろかわえいご)氏、本邦に堂々凱旋(がいせん)す——」

記事によると、ポークカツレツを食しているあの青年——黒川英悟はフランスのパリで頭角をあらわした新進気鋭の画家なのだという。

吉井という画廊の主が援助をしてパリに留学した黒川は、様々な展覧会で受賞をして名を馳せた。パリの画壇で著名な画家たちと交流し、人種を越えた友情を築いたのだと記事には誇らしげに書いてある。

「黒川氏は個展の準備のために一時帰国した。個展が終わり次第、パリに戻る予定とのこと――」

個展の日程の他に、著名な評論家が黒川に対する批評を書いていたが、黒川を天才だと褒めちぎっていた。

黒川が描く色彩鮮やかな絵は本物よりも本物らしく、若き画家の名を一躍有名にした『ブランコをこぐ淑女』は、ブランコの風を切る音や淑女たちの華やかな歓声が聞こえてきそうなほどに躍動感あふれる傑作なのだという。

記事の最後には、黒川の今後の抱負が掲載されていた。

『――表面をうまくなぞるだけでは絵といえないと思うのです。肖像画ならば、顔が似ているだけの絵はつまらない。顔の向こうに潜んでいるものを描きたいのです。思想や願望、そして人生――。そんなものを描ける画家になりたい――』

すごいわ、と十和子はつぶやいた。

黒川は己の才能に自信があるのだろう。その上で野心を抱いている。その野心は、十和子にとっては、とうてい計り知れぬものだった。

「こりゃ社長さんが勝てるところはお金だけしかないねぇ」

ハルはタマネギの皮を剝きながら、大きくうなずいた。

「あ、お金でも負けちゃうかもしれないね。有名な画家の描いた絵は高いから」

「ハルちゃん、何を勝つとか負けるとか言ってるのよ」

「重要なことじゃないの。男の魅力の話なんだから」

ハルはタマネギを刻みながら、眉を寄せた。

「あの間男兄さんは、社長さんにとって強敵だよねぇ」

「だから、間男と決まったわけでは――」

「あの、すみません」

店内から声が聞こえて、十和子は跳び上がりそうになった。店にいるのは黒川だけだ。だから、呼んだのは彼に違いない。

(もしかしたら、こっちの声が聞こえたのかしら)

勝手気ままに彼を評している十和子たちに腹を立てているのかもしれない。

暖簾をかきわけ、おそるおそる店に出ると、黒川がにっこりと笑った。人好きのする笑顔だ。

「お茶をいただけませんか」

「あ、あら、気がきかずにごめんなさい」

空になっているであろう湯呑みを持ち上げた黒川に、十和子はあわてて厨房に引っ込む。常時わかしているお湯で茶を淹れると、新たな湯呑みに茶を注ぎ、盆に載せて店へ出る。そろりと近づいて、黒川の前に茶を出した。

彼は料理をきれいにたいらげていた。ポークカツレツと添えられたキャベツは皿から姿を消し、ごはんはひと粒だって皿に残っていなかった。ハル自慢のスゥプも飲み干されている。

残さず食べられた皿を見るのは、やはりうれしいものだ。片づけようとすると、黒川が十和子をじっと見上げてくる。

「朝倉十和子さんですよね。桐谷社長のご婚約者の」

「は、はぁ」

十和子は面食らい、皿に伸ばしかけた手を引っ込める。

(正確にはまだ婚約していないのだけれど)

結納もしていないから、公表していないのに、彼はどうして十和子のことを知っているのだろう。

「あの、どうしてわたしのことをご存じで？」

「ああ、ええと、画廊の吉井さんから聞いたんです。桐谷社長が絵を購入されたときに、ちらりと伺ったとかなんとか」

「まあ、そうなんですね」

なんとも気の抜けた返事をしてから、十和子は壁に飾った絵を見た。

桐谷が贈ってくれたのは、店名にちなんだななつ星が描かれた絵だった。十和子はうれしくて、飾っていた絵はがきなどをすべてはがし、桐谷からもらった絵だけを壁にかけている。

不意に落ちた沈黙を恐れるように、黒川は声を出す。

「ご相談したいことがあるんです」

「相談？」

「立ち話も何ですから、座ってください」

黒川に言われ、テーブルを挟んで向かいの椅子に座る。

間男疑惑のある青年の相談とはなんだろう。

興味半分、警戒半分で黒川を見つめるが、彼はすぐに話しださず、軽くうつむいて何かを考えているようだった。

それから湯呑みに左手を伸ばして、茶をすする。シャツから覗(のぞ)いた手首には、腕時計がはめられていた。

(服部(はっとり)時計店の時計だわ)

輸入時計に対抗して製作された国産の腕時計だ。

懐中時計が一般的だった時代に作られた腕時計は、たいへん貴重なものだった。実用的で、なおかつ飽きのこなさそうなデザインがすばらしい。

(もしかして、あの腕時計は、咲子さんがあげたものなのかしら)

元は桐谷が咲子に与えたものだというが、それが今では黒川の腕を飾っているのだろうか。

心変わりの証(あかし)のように思えて、なんともいえぬ苦いものがこみあげてくる。

声も出せずに腕時計を見つめていると、黒川が湯呑みをテーブルに置いた。はっとした十和子を一瞥(いちべつ)した彼は、頭を深々と下げる。

「どうか僕の話を聞いてください」

頭を上げた黒川は、決意を秘めた顔をしている。

彼のまとった気迫に圧倒された十和子は、おずおずとうなずくことしかできなかった。

黒川がななつぼし洋食店を訪れてから数日後の日曜日。

十和子は桐谷と並んで浅草観音へ続く参道を歩いていた。

灰色の雲が天を覆っているが、雨の気配はまだ遠い。

十和子は水色地に藤や花菖蒲が色とりどりに咲いた錦紗の着物を着ていた。質入れするのを免れた外出用の一張羅だ。白地に竹や季節の花が様々咲いた丸帯を合わせ、帯留めはこの間の紫陽花を模ったものを使った。

桐谷はいつもと変わらないスーツ姿だ。体格がよく、意外と着流しなど似合いそうなのだが、この分だと家の中でも背広を脱がないのではないかと疑ってしまう。

十和子は咳払いをすると気合いを入れて、とびっきりの笑顔を桐谷に向けた。

「お忙しいところを誘ってしまい、本当にすみません。でも、よかったですわ、雨が降らずに。本当にお出かけに好都合！」

「いやに上機嫌だな」

桐谷の探るような視線に心臓がどきーんと鳴る。お昼を知らせるドンのような大きさだ。

（もしかして、桐谷さんに黒川さんを見られた？）

あたふたと周囲を見渡すが、少なくとも十和子の視界にはあの爽やかな好青年――黒川はいない。

「何をしているんだ」

「まあ、いやだわ、おほほほほ。わたしったら、桐谷さんとお出かけするのがうれしくて、つい張りきりすぎてしまって」

声が不自然に上ずって、十和子はますますあせった。

桐谷の不愛想な表情がことさら疑っているように見えて、腋を冷たい汗がくだっていく。呼吸を繰り返し、平常心を取り戻すように何気ない話で場をごまかす。

「あ、浅草はいつも賑やかですわね。ここに来ると、なんだかうきうきしてしまって」

一昨年の大震災で、境内は奇跡的に無事だったが、浅草の各所も炎の中に焼け落ちてしまった。煉瓦で建てられた仲見世も崩れ去り、木造の仮建物で営業が再開されている。一部の区間が工事中なのは、今年度中にコンクリート造りの仲見世に建て替えられるためらしい。

境内は無事だったおかげで、参拝客はすぐに以前と同じように復活した。

今日も老若男女でごった返している。

「この間は、銀ブラをしたでしょう。今度は違うところに出かけようと思ったんです。だから、浅草に」

なんとか落ち着いてきた。ほっとして緊張がようやく緩んだ十和子を桐谷はなおも訝しげに見つめている。

「そうか」

「ええ、ハルちゃんも前に言っていたでしょう。ふたりでお出かけして、互いをよく知り合うのは大切だと思うんです。わたしたち、一応は結婚するわけですから、って、あら大福。帰りに食べてもよろしいかしら。それとも、あんみつにします？」

「どっちでも好きなほうにしたらいい」

桐谷はたいして興味がなさそうに答える。

十和子はつい頬をふくらませ、それから周りを見渡す。

（ああ、もう。こんな仏頂面にさせちゃいけないわ。笑わせなきゃいけないのに！）

今日も夕方から仕事だと言っていた。だから、そちらのほうに意識が奪われているのではあるまいか。

「きょ、今日はお仕事のことは忘れてくださいな」

「それは無理だ。夕方からは会合があって、契約の詰めをする予定なんだ」

腕時計をにらみながら、にべもない返答をする。十和子はあせり、こぶしを握って力説した。

「せっかくのお出かけなんですよ。しかも……しかも、自分で言うのもなんですけれど、結婚する予定の相手とのお出かけなんですよ。お仕事のことはこの際、脇に置いて――」

「君だって、いつも仕事のことを考えているだろう」

桐谷に鼻で嗤われて、十和子はむっとしつつも前回の銀ブラの件を思い出していた。

十和子は桐谷と銀座に買い物に行ったのだが、そのときに寄った洋食屋で好き勝手に行動したのだ。

「もしかして、この間の銀ブラのとき、わたしが洋食店の中をしげしげと観察していたことをおっしゃってます？」

確かに、十和子はいつもななつぼし洋食店のことを考えている。

外で食事をすれば、お店のメニュウに反映できないかと考えるし、内装がすてきな店舗を見かけたら、自店の参考にしようとする。

「ああ。めしを食うときも、必死な形相だったぞ」

「必死で悪かったですわね。おいしいものを食べたら、うちのお店にどうやって活かせるかと考えるのは当然じゃありませんか」

銀ブラしたときの出来事を言い合うふたりの足は止まり、いつしか対決するように向かい合っていた。

「もちろん当たり前だ。悪いことじゃない。君は四六時中、店のことを考えている立派な経営者だ」

「ありがとうございます」

「だから、俺の頭の中が仕事でいっぱいなのも当然だと思わないか？」

「そうきましたか……」

十和子の一連の行動を利用して自分を擁護するなんて、ずる賢い男だ。

皮肉のひとつでも投下してやりたくなる。

「本当に桐谷さんの頭の中は土地のことでいっぱいですのね。ここに来る途中の車内でも、ここはオフィスビルにちょうどよいだの、あそこは買収中だのいろいろと話していらっしゃったのですもの。他のことが入る隙間なんてあるのかしら」

「仕事以外は入ってなくても困らないだろう。それに、隙間は適当に作っているから、心配はご無用だ」

揚げ足をとり合うような応酬に、十和子は苛立ちとあせりを覚えだした。

（こういう話をしていちゃだめなのに）

今日は桐谷を一日中上機嫌にし、自然な笑顔で過ごさせようと十和子は張りきっていたのだ。

それなのに、対決のようになってしまうのは、黙っていられない十和子の性分のせいなのか。

十和子は参考に訊いてみた。

「桐谷さんは咲子さんとお出かけするときも、こんなふうだったのですか？」

今日のように皮肉のぶつけ合いになったりしたのだろうか。

「……咲子と出かけたことはない」

「は？」

「だから、出かけたことはないと言っている。会社をそれなりの規模にしようとがむしゃらな時期だったから、そんな暇はなかった」

「まあ」

十和子は思わず片手で口元を覆っていた。

咲子のことは、ずっとほったらかしだったのだろうか。

「咲子さんは……不満を口にしたりはしなかったのですか？」

「何も言わなかったな。不平も不満も言わず、いつもにこにこしていた。……ある意味、何を考えていたのかわからなかった部分はある」

桐谷は深くため息をついた。

十和子は彼の沈んだ表情につい見入ってしまう。

（きっと桐谷さんは後悔しているんだわ）

彼女を気にかけてやらなかったと悔いているのだろう。そして、黒川と結びつけてやればよかったと嘆いているのだ。

「桐谷さん、咲子さんは決してあなたを恨んだりしていません」

「は？」

「その……わたし、そう思うんです。亡くなった人の心なんて本当はわからないけれど、でも、そう思うんです」

「……気を遣ってくれなくていいぞ」

桐谷が眉間に深く皺を刻む。

十和子は息をひとつ呑んで、どう言うべきか考え――桐谷の頬を横に軽く引っ張った。

「な、何を――」

面食らったような彼に真剣に告げる。

「桐谷さん、咲子さんのために、今日一日は笑顔で過ごしてください」

「笑顔……」

呆然と繰り返す桐谷にうなずいた。

「そう、笑顔です！　とびきりの笑顔で」

「無茶言うな」

桐谷の声がいっそう低くなり、十和子はあわてて手を放した。

ちらちらとこちらを見る通行人の目が痛い。

「だ、だって、ほらね。笑顔のほうがいいでしょう。じ、自分で言うのも恥ずかしいですけれど、逢い引きというやつですもの」

「……そうだな、逢い引きだな」

もはや反論する意気が失せたのか、桐谷はさっさと歩きだす。境内へ向かう背中を追いかけながら、十和子は周囲をきょろきょろと見渡した。

(せめて声は聞こえていませんように)

まあ、どちらにせよ、ふたりの様子からはとても〝睦言(むつごと)〟を交わしているようには見えないだろうが。

黒川の姿がないことにほっとしていいのか、不安になっていいのかわからず、視線を動かしていると、ふと工事中の店に目が留まってしまう。

店の前面をとざす板戸にポスターが貼られてあった。

ふらふらと近づくと、文字を読む。

「普選実施の集(つど)い……」

今春、二十五歳以上の男子に選挙権が与えられる普通選挙法が成立したものの、議会が解散されて、選挙が実施される様子はない。早急に議会解散すべしとアピールする集まりが近くの公園であるという告知だった。

「何を見てるんだ？」

「このお知らせを……」

「あまり近づかないほうがいいぞ。この間、治安維持法が施行された」

小首を傾げた十和子に、桐谷がため息まじりに説明してくれた。

「政治向きの集まりは、取り締まりがかなり厳しくなるはずだ」

「そうなのですか？」

「普選と抱き合わせで成立したのを考えれば、予想できるだろう」

「普選が通ったんだから、騒ぐのはやめろということですの？」

「そういうことだ。君のお兄さんは貴族院の議員だろう。そんな話はしてくれないのか？」

「しませんわ。女子どもに何がわかるか、と馬鹿にしているのが見え見えですもの」

華族の体面ばかり考えている兄である。

十和子が店を開くときも、うるさく反対を叫んでいた。

「ともあれ、近づかないほうがいい。特高が飛んでくるぞ」

特高とは特別高等警察の略称だ。共産主義者や社会主義者を厳しく取り締まって、恐れられている。

桐谷の忠告はもっともだったが、十和子は気を惹かれるものがあって、素直にうなずけない。

「どうした？」

「……もしかしたら、一哉さんがいるかもと思って」

桐谷がひとつ息を呑んだのがわかり、十和子は瞼を伏せた。

震災の日、十和子の無事を確かめるため店を出た一哉は、それから一年半以上待っても帰ってこない。

「彼はメーデーにでも参加していたのか？」

「たまに。華族や金持ちばかりの意見が通る世の中はおかしいと言っていたことがあって」

一哉は十和子の父が女中を孕（はら）ませて生ませた子だ。十和子の父は女中が妊娠したとたん、屋敷から追い出した。

一哉は朝倉の家から認知されなかったのだ。

華族を嫌っていたふしのある彼が、普選に同意するのはごく自然なことに違いなかった。

「……そうか」

言葉を失くしたような桐谷に、十和子は無理に微笑(ほほえ)んでみせた。

「ご忠告、ありがとうございます。わたしったら、お店のことばかり考えていないで、外の世界のことも気にしないとだめですね」

仁王門(におうもん)へと歩いていく足に意識して力を入れる。そうしないと、深い泥沼にはまってしまったように動けなくなる気がしてならなかった。


仁王門のちょうちんを抜けて、参拝を済ませると、十和子は宣言していたとおり、仲見世で大福とお茶を堪能した。

桐谷は甘いものをまったく食べないわけではないが、大福ふたつをぺろりと平らげてしまう十和子に呆れかえったようだった。

「その細い身体のどこに大福がふたつも入るんだ」

「まあ、大福ふたつくらいへっちゃらですわ。がんばれば、もう一個はいけたと思うんですけれど」

店を出て、六区に向かう人の流れにまぎれると、十和子は得意げに言った。

「桐谷さんったら、大福はもっと幸せそうに食べるものだと思いますわ」

「……まずそうに食べていたか？」

「なんだかこう……眉間にぎゅっと皺を寄せて、苦行みたいでした」

「うまかったぞ、あの大福は」

「だったら、もっとにこにこして食べなきゃ。桐谷さん、ぽかんとした顔はけっこう人がよさそうに見えるのに、いつもの顔は隙を見せてたまるかと身構えている剣豪みたい」

「人相が悪いからな」

桐谷が渋い茶を飲んだような顔をしているものだから、十和子は思わず笑ってしまう。

「人相が悪いわけじゃ。ちょっと怖いだけで──」

「桐谷社長じゃありませんか」

横に並んだ年配の男から突如声をかけられ、十和子はびくりと肩をすくませた。

「ああ、やっぱり桐谷社長だ。そちらのかたが噂のご婚約者で」

年配の男はストライプのスーツを着ていて、撫でつけた髪の間から覗く頭皮がてかてかと光っていた。

十和子は興味津々といった彼の視線を避けるべく、桐谷の陰に隠れる。

「梅原さんは、なぜここに?」

「や、妻と娘にせがまれて。あいつらは活動写真を見ておるんですが、わたしは興味がないもんですから、終わるまでぶらぶらしていようかと」

「ああ、それはご苦労ですね」

「それはそうと、この間のお話はどうなりましたか？　郊外の集合住宅の件ですよ。うちが文化住宅並みの内装を格安で受けるという話は、営業からいったと思うんですが」

「ああ、聞きましたよ。しかし――」

仕事の話を始めた桐谷は、十和子に目もくれない。

おとなしく待つのが模範的ご婦人なのだろうと思ったが、ほんの数分経ったところで、十和子の心にさざなみが立つ。

（桐谷さんったら、仕事大好きなんだから）

とはいえ、邪魔をするわけにはいかない。

十和子が婚約者という噂が流れているとなれば、素性も明らかになっていると考えたほうがいいだろう。

（いやだわ、もう）

こういった情報はどこからか漏れるものだ。

十和子が見合いのときに世話になった親戚や、資産家を後ろ盾にしたと調子に乗った兄が、それとなく話してしまい、じわじわと広がっているのかもしれない。

（……それにしても、黒川さんはどこにいるのかしら）

これまでまったく彼の姿を目にしていない。こちらから見えないのは、大丈夫なのだろうか。

何とはなしに周りを眺め渡していると、前を行く人々の中に見覚えのある背中があるような気がした。

(えっ!?)

目をこらしたがすぐに雑踏にまぎれてしまう。

十和子はあわてて小走りで追いかけた。

(似ていたわ)

一哉の背中に。

細身で、やや猫背気味に歩く姿がそっくりだった。シャツとズボンに、脱いだ背広の襟を指先に引っかけ、肩にかけている格好が、外出先から帰ってきたときの一哉に似ていた。

(もしかして、もしかして)

今度こそ本物かもしれない。

街角で似た背中を見かけるたびに、もう何度も十和子は追いかけた。

気になって仕方がなくなって、足が勝手に動いてしまうのだ。

(確かめなきゃ)

そう思うと、居ても立ってもいられなくなる。

小走りで人ごみを抜けようとするが、日曜の午後とあって、混雑がはなはだしい。

「もう！」

お行儀悪くも苛立ちを口にしてしまう。

通りすがりのご婦人からびっくり眼を向けられて、十和子は頭を下げつつ逃げるようにして一哉に似た背中を追いかける。

無我夢中で走っていたら、公園に出ていた。

近くに池が広がる狭い空間にたくさんの男たちが集っていた。

（もしかして……）

ポスターにあった普選の集いだろうか。

それにしても窮屈な場所でするものだと疑問を抱いたのは、一瞬だった。

即席の台に乗った若者が、高らかに演説を開始する。

近年、集会の類が厳しく制限されているため、場所を直前まで明かさず急な開催になった事情を穏やかに説明すると、ガラリと口調を変える。普選が行われることになったのに、加藤高明内閣は一向に解散総選挙をしない、と時の政権を舌鋒鋭く弾劾し始めた。

演説の調子が激しくなるにつれ、聴衆はやんやの喝さいだ。

十和子は圧倒されて身じろぎできずにいたが、気を取り直して周囲を見渡す。

あの一哉に似た背中を探し当て、男たちの合間を縫って正面に立った。

「な、なんだよ」

戸惑ったように十和子を見下ろす男は、一哉とは似ても似つかぬ顔だった。

（違う……）

一哉はもっと目元がやさしげだった。いつも温かな空気を身にまとっていた。

十和子は足から力が抜けて、すぐに動けなかった。

（また違ったんだ）

ずっと探しているのに。

帰ってこないのは、何か理由があるのだと考えていた。もしかしたら、ひどい怪我をしたのかもしれない。震災のショックで記憶を失ってしまったのかもしれない。

もしもそんな事情があるなら、自分が探しだしてやらないといけないと考えて、十和子は震災のあった一日になると街中をふらふらと歩き回り、彼に似た背中を見かけると追いかけてしまう。

（……また違った）

どこに行けば一哉を見つけられるのだろう。

彼に隠していた真実を――自分が彼の異母妹で家族なのだと告げられるのだろう。

心の中に黒い靄が広がっていく。

もしかしたら、もう永遠に帰ってこないのかもしれないという疑いが、底なし沼のように十和子を呑み込もうとする。

泥沼にも似た濃い闇を追い払おうと目をきつく閉じたとき、わっと悲鳴があがった。

「特高だ！」

ぎょっとして瞼を見開いた。

集会の場に詰襟の制服を着た男たちが流れ込んでくる。

「誰が主催者だ！」

わめいているのは、特高を指揮する人間だろうか。

集っていた見物人たちが雪崩のように逃げ惑う。抵抗した若者を馬乗りになった特高が警棒で殴っていた。

十和子は押し流されるようにして公園の出口に向かったが、転んで腰を押さえている老人を目にしてしまい、そちらに駆け寄ってしまう。

「大丈夫ですか？」

しゃがんでなんとか助け起こそうとするが、腕を摑まれて倒れそうになる。

悪戦苦闘をしていると、肩を摑まれて無理やり立たされた。

「おまえも集会の参加者か？」

特高のひとりだった。

視線に刃の鋭さがあって、十和子の足がすくむ。

「わ、わたし――」

言い訳をしなければと思うが、声が出ない。

「おい――」

だが、特高はそれ以上話すことができなかった。桐谷が背後から彼の後頭部を殴ったのだ。

膝をついてうめく彼を目で追った十和子は無言の桐谷に腕を引かれて、強引に走らされる。集会から逃げ出した人々は堤を乗り越える洪水のように街路に出ると、ちりぢりになっていく。

十和子は桐谷に引きずられるまま、足を動かしていた。

けれど、しばらくすると息が切れてくる。

「き、桐谷さん、ひと休みさせてください」

あえぐように訴えると、桐谷は歩を緩めて人ごみの中に足を踏み入れた。雑踏にまぎれて逃げおおせようとしているのだろう。

「何をやっているんだ」

小声のささやきは怒気に満ちていて、十和子の鼓動がますます速くなる。

「その……一哉さんに似た人を追いかけていたら……」

「集会場に辿りついたというわけか。君の姿が見えなくなったから、もしやと思ってあそこに行ったが、大正解だったわけだな」

苛立たしげな物言いに、十和子は口をつぐむ。なんと責められても仕方がない。馬鹿な真似をしたのは十和子のほうだ。

「ごめんなさい」

「君は自分の立場をもう少しわきまえたほうがいい。君がおかしなことをしたら、その責を問われるのは、君の家族だ」

「……そうですわね」

普通選挙法は公布されたが、政治に参画する特権を一般庶民に分け与えることを苦々しく考える華族は確かにいる。

十和子が普選の集会に参加したと知られたら、伯爵にして貴族院議員である兄は肩身の狭い思いをするかもしれない。

「ごめんなさい。わたしが馬鹿なことをしたら、あなたも迷惑しますよね」

「俺が心配しているのは、君のことだ！」

桐谷が、かっとしたように怒鳴った。

周囲の人間が何事かというように十和子たちに注目する。

桐谷はばつが悪そうに早足になる。

十和子は彼の袖を引いた。

「桐谷さん、ごめんなさい」

「もしも、君に何かあったら、一哉が心配するぞ」

桐谷の言葉が胸に刺さって、十和子はとっさに何も言えなくなる。

「だから、もう危ない真似はするな」

「……ありがとうございます」

静かにつぶやいて顔を伏せた。

(いやだわ、涙がでそう)

今日はとても大切な日だったのに、台無しにしてしまった。

(桐谷さんを笑顔にしなくちゃいけなかったのに)

咲子のためにも、そうしなければいけなかったのに。

それなのに、十和子は勝手に動き回り、せっかくこしらえた機会をだめにしてしまった。

ぽつりと雨がひと粒落ちてくる。やがて黒い染みがみるみるうちに地面に増えていった。

桐谷は背広を脱ぐと、十和子の頭にかけてくれる。

「どこかで傘を買うか」

ため息まじりの彼のつぶやきは、粒を増す雨音に溶けていった。


十和子と出かけて一週間後、桐谷は愛車をななつぼし洋食店へ走らせた。

斜め向かいの位置で車を停めると、店構えを眺める。木造二階建ての建物は灰色の屋根とすりガラスを下半分に入れた引き戸が、洋食店というよりも大衆食堂といった趣だ。

どんよりとした空の下にあって、いつにもまして貧乏くさく見える。

（震災で崩れたのに、わざわざ元通りに建てたんだと言っていたな）

店が変わったら、一哉がわからなくなると十和子は考えたのだろう。

桐谷はヘッドレストに頭を預けると、胸ポケットから紙を取り出した。

十和子からの手紙だった。淡い水色の便箋に大らかな字がしたためてあった。

『この間のお詫びがしたいので、ぜひお店にいらしてください』

と書いてある。指定されていたのは、今日の日時だった。手紙に書かれていたとおりの時間に間に合うよう車を走らせたのだ。

（お詫びか）

この手紙を受け取ったとき、桐谷はしばらく封を開けられなかった。結婚はなしにしましょうと書いてあるのだと予想したからだ。

『わたしたち、形だけの夫婦になりましょう』

というのが、十和子と交わした約束だった。

だが、この間の〝逢い引き〟は、結局のところ失敗だった。親のようにうるさく説教してしまったのだ。

なにより、あのとき一哉の名を出したのはまずかったはずだ。その名は十和子にとって一番の弱点だから。

とはいえ、手紙を確認しないわけにはいかず、ペーパーナイフで慎重に封を切り、取り出した手紙の中身が平穏そのものだったので、桐谷は拍子抜けした。手紙を持ったまま、しばらく動けなくなるほどに。

（小娘だ）

十二も下の十和子は、考えの足りない小娘に過ぎない。

なのに、桐谷はあのとき――特高から逃げたあと、本気で彼女を叱りつけてしまったのだ。大人げないと制止する内心の声は、とうてい間に合わなかった。

（あの娘は子どもなんだ。一哉のことになると周囲が見えなくなる）

　十和子の兄が、見てくれはいいと言ったとおり、十和子はすっきりとした面差しに黒目がちな二重の目が印象的な美人だ。

　しかし、お人形のように整った顔立ちのご令嬢は、お人形のように家の中でおとなしくしていないのだ。彼女はこちらを面食らわせるほど行動的な娘なのである。

（彼女が気になるのは、突拍子もなさすぎるからだ）

　そして、一哉が帰ってくると信じている姿がいじらしいからだ。

（ずっと待っているのだろうか）

　あきらめない彼女を前にすると、桐谷は分別という言葉を振りかざせなくなる。

（いや、俺が気にするのは、よけいなお世話だ、きっと）

　形だけの夫婦になるのだから、彼女の大切な部分に踏み込まないほうがいい。

　そう自制しようとするのに、やはり彼女が気になってしまう。

　形だけの夫婦でいいという約束を都合がいいと喜んだのは、桐谷も十和子と同じだった。

　咲子を失ったときのような喪失感を味わうのは、もうまっぴらだったからだ。

（しかし、もうだめかもしれないな）

特高に肩を摑まれた十和子を目にしたとき生まれたのは、激しい怒りと焦燥だった。

そして、また失ってしまうかもしれないという恐怖だった。

あのとき生まれた感情に適した言葉を見つけてしまうと、桐谷は途方に暮れてしまう。

もう十和子を知らなかったときには戻れそうもない。

(困ったぞ)

おおよそ自分らしくない弱音を胸の内で吐いて、車から降りた。

ともあれ、あまり待たせるわけにはいかないだろうと店に向かう。

引き戸に手をかけて、そろりと開けた——つもりだったのだが、たてつけが悪いのか、きしむような音を立てた。

「まあ、桐谷さん、いらっしゃいませ」

店に出ていた十和子がにっこりと微笑む。

彼女は大きな瞳を輝かせると、厨房に入っていった。

右手の壁は一部が出っ張っており、白い布がかけられている。

この間来店したときにはなかったものだ。

怪しげな物体に警戒心が呼び起こされ、つい眉を寄せて見ていると、暖簾をかきわけて厨房から青年が出てきた。

やわらかそうな栗毛の髪と猫のような大きなつり目。
緊張した面持ちで桐谷に深く頭を下げたのは、黒川だった。
「……どうしてここに」
「桐谷社長、奥さまからご依頼いただいた絵が完成しました」
黒川はそう言うなり、壁にかかっていた白い布をはがした。
波のような模様で縁取られた額に飾られていたのは、絵だった。
ひと目見るなり、桐谷は棒立ちになった。
「咲子……」
そして桐谷が描かれている。
ふたりは夕暮れの街並みを歩いていた。
背景には石造りの建物が並び、遠くにエッフェル塔がそびえている。
石畳は日暮れの光を浴びて橙色に染まり、街灯が灯りつつあった。
咲子は真紅の薔薇の咲いた着物を着て、うれしそうに桐谷を見上げている。
しかし、桐谷は周囲の景色に意識を奪われたように目線を遠くに向けているのだ。
桐谷は微動だにしなかった。
色彩豊かな絵からは、雑踏を行く人々の賑わいが聞こえてきそうだ。

「……これはいったい」

「咲子さんのご依頼です」

黒川は何かをこらえるように喉を鳴らしてから、きっぱりと説明した。

「……パリへ出立する二週間ほど前に、咲子さんに挨拶に行きました。彼女は僕の画家になるという夢を応援してくれていましたから。そのとき、絵を依頼されたんです。夫は仕事で忙しく、とても一緒に旅行なんてできない。だから、せめて絵の中で旅行したいと」

「絵の中で旅行……」

「パリをふたりで旅行している絵を描いてくれと頼まれました」

桐谷は足に根が生えたように動けなかった。

咲子がそんな願いを抱いていたなんて、まったく気づかなかったのだ。

「俺は……知らなかった。咲子がそんな頼みごとをしていたなんて」

「秘密にしてくれと言われていましたから。完成された絵を部屋にいきなり飾って、驚かせたいんだと言っていました」

「俺を驚かせたいか……」

桐谷は口元に自嘲の笑みを刻んだ。

自分は咲子をほったらかしにしていたも同然なのに、彼女は桐谷を喜ばせようとしていたのだ。

「……完成が遅くなって、申し訳ありません」

黒川は腰を曲げて礼をする。

頭を上げてからこちらを見る表情には、深い落胆があった。

「咲子さんのデッサンは留学前にお邸に通って済ませていましたが、桐谷社長のデッサンができぬままパリに旅立つことになりました。社長のデッサンは、一時帰国の折にでも取りかかろうと考えていたんですが……」

黒川が言いよどむ。桐谷に秘密のままデッサンをしようと思ったら、条件は限定されたものになる。どこかに隠れてでもするつもりだったのだろうが、桐谷は黒川の存在を知ったあと、彼をわざと避けたのだ。

仕事が忙しいといえば、桐谷がしばらく外泊しても、咲子は文句など口にしなかった。

「震災があったことを聞いたとき、日本に帰ろうかと思ったんですが……」

黒川はそこで呼吸を整えた。

「咲子さんに言われたんです。立派な画家になってねと。その言葉を思い出したら、帰れないと思いました。立派な画家になれていないのに、彼女に合わせる顔がないと」

黒川がこぶしを握る。胸の内に生じたやりきれなさをつぶすように。

「……だから、今回帰ってくるまで知らなかったんです。咲子さんが亡くなっていたことを」

桐谷は眉間に皺を寄せてうつむいた。

桐谷は黒川に咲子の死を知らせなかった。

咲子の両親はすでに死去しており、縁者も乏しかった。震災の混乱もあったから、桐谷が伝えないかぎり、黒川が咲子の死を知ることはなかったはずだ。

(俺はこいつにわだかまりがあったんだ)

だから、咲子の死を知らせなかった。伝手を辿れば、そうすることはできたかもしれないのに、あえてしなかった。

「……すまなかった」

桐谷の詫びを黒川は驚きをあらわにして受け止めた。

「いえ、その……お詫びをするのはこちらです。絵を彼女に見せてあげることができなかったのは、僕の責任です。本当はもっと早く完成させるべきだったのに、ずるずると先延ばしにしていたんです」

黒川はそう言うと、深く息をついた。

「僕の弱さがこういう結果を招いたんです」

店の中がしんと静まりかえる。

十和子が暖簾の奥からそろりと顔を覗かせた。

「あの、お茶でもいかがです？」

弾かれたように動き出したのは、黒川だった。

「帰ります。絵は桐谷社長にお渡ししました。どうするかは、おまかせします」

黒川は早足で桐谷のそばを通り抜け、引き戸を開けて外に出る。

残された桐谷は、しばし動けずにいたが、手袋をはめた手をきつく握ると、黒川を追いかけた。

「待ってくれ」

桐谷の制止を聞いた黒川は、振り返ると目を丸くした。

「桐谷社長」

「礼を言っていなかった。それに、絵の代金を渡していないぞ」

「……代金はいりません。咲子さんから腕時計をいただきましたから」

「腕時計を絵の支払いに？」

「僕は咲子さんの大切なものが欲しかったんです」

黒川の眼差しは挑んでくるように強い。

「お金じゃなくて、大切なものを餞別にくれと頼んだんです」

「だから、腕時計なのか」

黒川はいったん唇を結び——けれど張りつめた糸が切れたように、苦い笑みを浮かべた。

「絵のお礼なら、十和子さんに伝えてください」

「なんだって？」

無意識のうちに眉の間に力を入れると、黒川は苦しげにつぶやいた。

「……本当は迷っていたんです。あの絵を完成させるべきか否か。桐谷社長は再婚して、新しい人生を進もうとしているのに、咲子さんの絵を渡していいものか悩みました」

黒川は一瞬瞼を閉じてから、目を開いた。

曇りのない凛とした眼差しを向ける。

「この間、こちらのお店を訪問しました。十和子さんに思いきって絵のことを打ち明けたんです。そうしたら、十和子さんが言ってくれました。その絵は絶対に完成させなくてはいけないって」

「彼女が……」

「咲子さんが望んでいたとおり、完成まで桐谷社長に秘密にしようと十和子さんは言ってくれたんです。桐谷社長のデッサンの件を十和子さんに相談したら、自分が桐谷社長と一緒に出かけるから、そのときにしてほしいと頼まれました」

「あの日のことだな」

　浅草に連れ出されたのは、絵のためだったのだ。

（道理でおかしなことを言うと思った）

　笑顔になれと盛んに言っていたのは、デッサンのためだったのだ。

「十和子さんに断られたら、絵はあきらめるつもりでした。十和子さんには感謝していま
す。心が広い、やさしいお嬢さんですね」

「それは褒めすぎだ」

　桐谷は思わず否定した。

　あの日、ふらふらとさまよい、挙げ句の果てには集会にまぎれた後先考えない娘は、い
つも桐谷を冷や冷やさせる。

「十和子さんに背中を押してもらったので、僕も絶対に絵を完成させなくてはいけないと
覚悟しました」

　黒川の微笑みには静かな喜びが満ちていた。

　絵を描くことは彼のすべてなのかもしれない。

「君は本物の画家なんだな」

「え?」

「あの絵には、俺と咲子の関係がはっきりとあらわれていた」

黒川の絵の中で、咲子は桐谷を見つめていた。

なのに、桐谷はあらぬほうを眺めていたのだ。

桐谷が咲子を見ていたら、きっと黒川との仲を誤解しなかっただろう。

「……この間、桐谷社長をデッサンしながら、僕は二年前のあなたを描かなくてはと思っていました。咲子さんが生きていたころのあなたを描かなくてはいけないと」

そこで、黒川はなぜか晴れ晴れとした表情をした。

「今のあなたを描いたら、きっと違う顔にします」

桐谷は何も言えなかった。

黒川の言葉には信念さえ感じられたのだ。

「……十和子さんにお伝えください。ポークカツレツ、とてもおいしかったと」

彼はひとつ頭を下げると、花道を行く役者のように堂々と去っていく。

桐谷は言葉もなく彼を見送った。


十和子が引き戸から出ると、桐谷が戻ってくるところだった。

「まあ、桐谷さん。その……大丈夫ですか？」

「何が大丈夫なんだ」

「黒川さんと、その……殴り合いとかしませんでしたか？」

「なんで殴り合いをしなくちゃいけないんだ」

十和子は着物の上に着た割烹着を摑んで、もじもじした。

「だって、桐谷さん、誤解されていらしたから。黒川さんが咲子さんと逢っていらしたのは、絵を描くためなんですよね」

「そうだろうな」

「画家さんってすごいですよね。桐谷さんのデッサンを一日で済ませたんだそうですよ。それからあの絵に取りかかったらしいんです。何日か徹夜しましたって黒川さん、笑ってましたけど」

「それはすごいな……」

桐谷はそこまで話してから、ふと言葉を切った。視線を虚空に据えて、唇を薄く開く。

「どうしたんですか？」

「……彼は咲子のデッサンをするために、十日以上は通っていたんだ」

「え？」

「……いや、いい」

桐谷は静かに首を左右に振った。

よくわからないが、桐谷の表情は穏やかだ。

十和子は胸を撫で下ろす。

（きっと胸のつかえがとれたのではないかしら）

桐谷は咲子に対して負い目を抱いていたはずだ。彼女を顧（かえり）みず、黒川と結びつけてやればよかったと悔やんでいた。

けれど、絵の真実を知ったことで、その苦しみは氷解したのではないか。

（よかったわ。絵を完成させてもらって）

ほんのわずかだが、力を貸せたことへの満足感を噛みしめていると、桐谷が声を落として礼を言った。

「あの絵が完成したのは君のおかげだ」

「わたし、何もしていませんけど」

「いや、君が黒川の背を押してくれたんだろう。ありがとう」

まっすぐ見つめられて、なぜか頰が熱くなる。

「いやだ、本当に何もしてません」

「黒川が言っていた。君が賛成してくれなかったら、絵を描かなかったと」

桐谷の視線にさらされて、十和子は束の間迷い、そして、本心を口にすることにした。

「……うらやましかったんです。咲子さんの絵があることが。あの絵を見たら、桐谷さんはいつだって咲子さんのことを思い出せるでしょう？　でも、わたしは……一哉さんの絵も写真も持っていないから」

一哉は写真なんか残してくれなかった。画家が描いた絵だってない。

何もない。彼の姿を写したものを十和子は持っていないのだ。

「うらやましくて……だから、あの絵を完成させなきゃと思ったんです。あの絵があったら、桐谷さんは咲子さんを忘れずにいられるって」

十和子はそこでうつむいた。

涙がこぼれそうになって、たまらなくなる。

（一哉さんは、いつか帰ってくるわ）

だから、〝形見〟じみたものなんかいらないはずだ。

彼はちゃんと帰ってくるのだから、信じて待っていればいい。

それなのに、時折、ふと弱気に支配されるのだ。もう一年半以上経ったのだ。帰ってこないのではなく、帰ってこられないのでもなく、永遠にいなくなってしまったのではないかと。

どこをどう探しても見つけだすなんて不可能ではないかと。

そんな考えに囚われると、十和子は無性に叫びだしたくなってしまう。

「わたし、ちゃんと待ってなきゃいけないのに、時々、思ってしまうんです。一哉さんを思い出すものが欲しいって」

彼を待てないのは、あきらめようとするのは、薄情で許しがたいことだ。

一哉を信じられない自分の弱さが、いやでいやでたまらなくなる。

「わたし……」

「俺も一緒に待つ」

思いもよらぬひと言に、息が止まりそうになった。

桐谷の言葉は素っ気なかったが、くじけかけた十和子を杖のように支えてくれる。

「だから、苦しいときは俺に言うんだ」

力強い言葉を噛みしめながら、十和子はうなずいた。差し伸べてくれる手があることがうれしい。

「ありがとうございます」

「気にするな。夫婦になるんだから」

　そう言われた瞬間は気づかなかったが、じわじわと恥ずかしさやら照れくささがこみ上げて、十和子はのぼせたように顔が熱くなった。

「ほ、本当にそうですわね。咲子さんみたいに奥ゆかしい奥さまには、とうていなれないですけれど」

「咲子が奥ゆかしい？」

「だって、旅をしているような絵を描いてほしいって頼むなんて、すてきだなと思って。わたしだったら、旅行に連れていってと桐谷さんに頼みます」

「だろうな」

　桐谷が何度もうなずく。十和子は少しだけむっとした。

「どうして納得しているんですか」

「感心しているんだ。自分をよくわかっているなと」

　十和子は頰をふくらませそうになり、それからふうと息を吐いた。

　桐谷の言うとおり、十和子は自分を知っている。

　あきらめが悪くて、思ったことは率直に言ってしまうのが十和子の性分なのだ。

　だから、さっきから気になっていたことをたずねてみる。

「桐谷さん、お腹が減っていませんか？」

「減ったな」

「ごはん、召し上がります?」

「ポークカツレツがいいな。黒川がうまいと言っていた」

「わかりました。今日も、わたしが腕をふるいますから」

挑むように言ってから、にっこりと笑ってやる。

一瞬たじろいだような桐谷に、してやったりと得意になりながら、十和子は一番大切な客のために引き戸を大きく開いた。

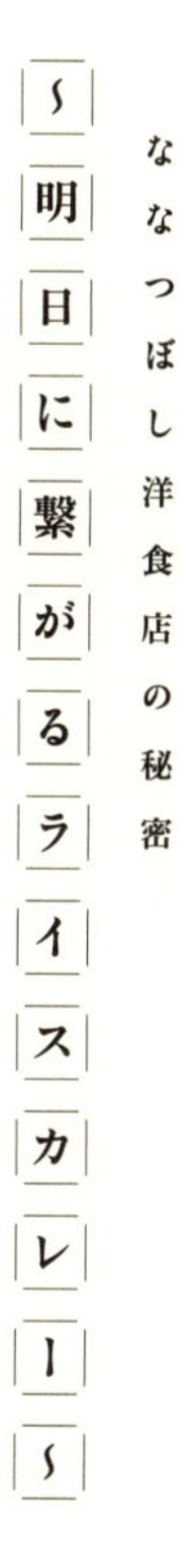
ななつぼし洋食店の秘密
～明日に繋がるライスカレー～

藍色のとんぼがついと飛んできて、池の端を覆う蓮の葉の上に止まった。

十和子は夕闇に溶け込みそうなとんぼに目を凝らす。

十和子が座っているのは、池のほとりの四阿だ。逆さに咲いた百合の花に似た屋根の下、十代後半の華族令嬢たちが集い、談笑中だった。

うらやましいと眺めていれば、声をかけられて意識を引き戻される。

(あのとんぼ、自由でいいわ)

「十和子さん、どうなさったの」

「……なんでもありませんわ」

あなたのおしゃべりが退屈だったのよ、と目の前の令嬢に言えたらどんなにいいだろうと思う。しかし、気位の高い侯爵家のお嬢さまを怒らせるのは面倒だから、微笑んでうやむやにする。

七月初めに開かれた園遊会は、とある侯爵家が開いたものだった。なんでも北海道の農場開拓が十年の節目を迎えたとかで、そのお祝いらしい。

気の進まない十和子を引っ張り出したのは兄である。桐谷も連れてきたのは、未来の義理の弟にして協力者となる男をお披露目したいからだろう。

残光が西空に滲む庭は、ようやく暑さがやわらいでいた。

吹く風に、肌に浮かんだ汗も引いていく。

池の対面には、見事に手入れされた芝生が広がっていた。そこに置かれたテーブル席では、招待された華族や財界の男たちがシャンパンや葡萄酒を手に話し込んでいる。桐谷と兄もその場に混じっているだろう。

芝生の一角では、築地の料亭や上野の洋食店が模擬店を出して、和食や洋食を振る舞っている。丸髷に赤い前掛けの芸者衆が給仕をして、目に鮮やかだ。

一方、四阿にいるのは妙齢の娘ばかりだった。みな、華族会館のピアノ発表会や園遊会の類で見知った顔ばかりだ。

「それにしても、とうとう十和子さんも結婚なさるのね。わたくしの兄がとてもがっかりしていたのよ」

「本当。十和子さんだったら、女学校を卒業なさる前に結婚するだろうと思っていたのだけれど、むしろ最後のほうだったわねぇ」

娘たちは鮮やかな着物やドレスに身を包み、華やかに笑っている。

槿と芙蓉の花咲く絽の着物を着た十和子は、格好では決して彼女たちに負けていないが、微笑みが弱々しいものになるのを自覚せずにはいられなかった。

（ああ、帰りたい）

まらなかった。

薔薇の下に潜む棘をいちいち感じさせられずにはいられないやりとりが、鬱陶しくてた

「もうお許しをもらったの？」

「ええ。兄がこの間、宗秩寮からお許しをいただきました」

華族の結婚は宮内省の宗秩寮に届けを出さなくてはならない。許可をもらってから、兄は日取りの決定や招待客の選定に取りかかっている。今年中には結婚をと考えているらしい。

「十和子さんだったら、お相手はよりどりみどりだったでしょうに」

「わたしの母は宮様のお妃になるんじゃないかと予想していたのよ」

「ご冗談をおっしゃらないで」

十和子は冷めた内心があらわれないように注意しながら、笑顔でたしなめた。

宮様に嫁ぐには家格が違いすぎるし、堅苦しい生活にはなじめないだろう。

「そうね、宮様によっては、その……お妃のご実家だよりなところがあるから」

くすくす笑い合う少女たちの目は、十和子と同じくらい冷めていた。

台所事情の苦しい宮家は、妃の実家の援助に生活を支えられている場合があるのだ。

「十和子さんのお相手はその点、安心ね」

「本当にうらやましいわ」

と言う声が寒々しく聞こえるのは、気のせいではあるまい。

（まあ、お金目当てだとわかる結婚だものね）

口元の微笑みを崩さぬように努力する。

成長著しい『桐谷土地』の社長との結婚は、彼の財力を当てにしたものだが、彼にも〝旨み〟があった。

十和子の兄である朝倉伯爵は、貴族院議員であるという強みを生かして、桐谷を助けるだろう。

十和子は池に目を移した。とんぼはもういない。逃げてしまったとんぼを心底うらやんでいると、快活な青年の声が響いた。

「十和子！　久しぶりだな」

池の橋を渡って近づいてくるのは、従兄にあたる青年だった。

「まあ、義明従兄さんだわ。わたし、行きますわね」

これ幸いと令嬢たちに別れを告げると、橋を渡り終わった義明にすばやく近づいた。

「と、十和子？」

「従兄さん、向こうに行きましょう」

有無をいわさず彼の腕を引いて、義明が渡ったばかりの橋を一緒に戻る。

橋を渡り終わると、芝生の絨毯(じゅうたん)が広がっていた。しばらく歩けば、四阿が手で囲えるほど小さくなる。そこでいったん立ち止まった。

「どうしたんだ、いったい」

「逃げたかったの。義明従兄さんが来てくれて、ちょうどよかったわ」

それだけで、十和子の事情を察したらしい。

義明は腹を抱えて笑いだした。

「そんなに笑わなくてもいいと思うわ」

「結婚のお祝いを言い合うのも大変だな」

「他人ごとだと思って」

ぷっと頬(ほお)をふくらませて、彼をにらんだ。

目尻に涙をためた青年は、元からの糸目をさらに細めて十和子を見ている。

細面で上品な顔立ちの義明は、男雛(おびな)によく似ていた。

「まあ、お嬢さまたちの嫌みなんか無害なもんだろう」

「そう思うなら、一緒にいてみる？」

「遠慮するよ。俺はそういった集まりが嫌いだから」

きっぱりと言う義明に、つい複雑な眼差しを向けた。

義明は十和子の母の実家である荒瀬子爵家の次男だ。もともと勉強熱心だった彼は、華族の子息が軍人となるべく通う陸軍士官学校や海軍兵学校を嫌い、東京帝大に進んだ。

それだけならいいのだが、義明は子爵家の当主である父親とことあるごとにぶつかっていた。

父の経営する農場の小作人が争議を起こすと、彼らに味方して父と対立したというし、震災のあとも子爵の反対を押しきって炊き出しの費用を出したらしい。そんな話をする兄はいつも眉を寄せるのだ。

（義明従兄さんはアカかもしれないって言うんだわ）

東京帝大や京都帝大は共産主義や社会主義の活動家――アカの巣窟だと決めてかかっているのだが、本当だろうか。

『華族がアカだなんて、とんでもないことなんだぞ』

と十和子に語るときの兄の口ぶりはいつも厳しい。もっとも、兄はいつも十和子にうるさいのだが。

「義明従兄さん、珍しいわね。園遊会にいらっしゃるなんて」

「ああ、知り合いが一度、華族の集いを見てみたいと言うから、連れてきたんだよ」

背広の内ポケットからたばこを取り出そうとして、十和子をちらりと見ると、すぐにしまう。

「どうぞ、お吸いになって」

「いや、やめておくよ」

ちょうど近くに寄ってきた芸者からシャンパンの入ったグラスをふたつ受け取ると、ひとつを十和子に手渡す。

「まあ、わたし、飲めないのよ」

「付き合いってやつだよ。結婚おめでとう」

グラスを合わされてしまい、仕方なく申し訳程度に唇を湿らせる。義明はシャンパンを半分ほど飲むと、周囲に首を巡らせて、いきなり手を挙げた。

「野田(のだ)くん、ここだ!」

大きな声にグラスを取り落としそうになり、ひとりで冷や冷やしていると、芝生を慎重に踏みながら青年が近づいてくる。

青年を見たとたん、十和子は驚きに瞼(まぶた)を開いた。

黒縁の眼鏡をかけた青年の背広は肩幅が合っておらず、しかも、洒落(しゃれ)たストライプが生真面目そうな顔に全然似合っていない。

だが、十和子が驚いたのは、服装が理由ではなく、彼に見覚えがあったからだ。

「荒瀬くん、声が大きすぎるぞ」

「いや、すまん。迷っているようだから」

つい心を許したくなるような義明の朗らかな笑顔を前にしても、野田と呼ばれた青年の謹厳（きんげん）な表情は揺るがない。

「迷ってはいない。見学していただけだ」

「ああ、そうだったか」

義明は片手で頭をかくと、気を取り直したように頰を引き締めた。

「野田くん、こいつが十和子だ。俺の従妹で、お嬢さまのくせに洋食屋をやっている跳ねっ返りだよ。やっと結婚するんだ」

「やっと結婚で悪かったですわね」

華族の令嬢たちは、女学校卒業前に結婚が決まって当たり前という世界だ。

「やっと結婚というが、いくつなんだ？」

どちらに投げかけたのかわからない野田の質問に、十和子は律儀に答えた。

「十八です」

「なるほど。華族のご令嬢だと考えたら、早くないな」

納得したようにうなずかれたので、言い訳がましく付け足した。

「十二月には結婚します。そうなったら、早くも遅くもなくなりますわ」

「なぜ十二月なんだ？」

義明が不思議そうにしている。

「わたしが生まれたのが十二月でしょう？　兄さんが覚えやすいだろうからって」

「なるほど。十和子のことだから、結婚した日を忘れるかもしれないって、慎太郎さんは心配しているのか」

納得したようにうなずかれ、むっとして眉間に皺を寄せた。

「どういう意味なの？」

からりと笑う義明が憎たらしい。かたや、野田はうつむき考えごとをしている。

十和子は改めて野田に向き直ると、丁寧にお辞儀した。

「うるさくて申し訳ありません。朝倉十和子です。義明従兄さんがいつもお世話になって」

野田は、はっとして顔を上げた。

「いや、世話はしていない」

野田は冗談も世辞も受け付けない冷淡な表情をして、つれなく否定する。

義明が派手に噴き出した。

「野田くん、そこは、迷惑をかけているのはこちらです、とかなんとか言うところだろう」

「僕は君に迷惑をかけているか？」

「いや、かけてはいないが……」

義明は声を押し殺して笑っている。

十和子はふたりを見比べ、浮かんだ疑問を口にした。

「ねえ、従兄さん。野田さんとは、その、どういうお知り合い？」

「野田くんは帝大の同級なんだよ。今では後輩になってしまったが」

「今は後輩？」

怪訝（けげん）そうに首を傾（かし）げれば、義明は苦労して笑いを抑えつつ説明してくれた。

「野田くんは一年以上休学していてね。おかげで、俺が先輩になってしまった」

「まあ……」

いったいどういう事情で休学したのだろう。

思わず野田を見つめてしまうと、彼は厳（おごそ）かに咳払いをした。

「たいした理由じゃない」

「たいした理由じゃないか。病気の母親の看病をするために休学したんだから。胸を張っていいくらいだ」

「そげんこと……いや、そんなことはない」

つい出てしまった方言を訂正しつつ、野田はさらに咳払いをした。

「ご立派ですわ」

十和子はグラスを胸に抱き、尊敬の目を向けた。

帝大生というならば、きっとすこぶる優秀なのだろう。それなのに、休学して母親の看病に専念したなんて、人情も忘れていないのだ。

野田が怯(ひる)んだように顔をそらし、早口になった。

「母は亡くなったから――だから、立派じゃない」

「そんなことはありません。きっと、お母さまはお喜びだったと思います。息子さんがそばにいてくれて」

野田を励ましたくて、つい言葉に力が入ってしまった。彼は珍妙な贈り物をもらった人のように、なんともいえぬ表情で礼を言った。

「その……ありがとう」

「いいえ」

そこで会話が途切れた。

離れた場所の会話や笑い声が、にわかに騒々しく聞こえだす。救いを求めて義明を見たが、助け船は出してくれなかった。近づいてきた華族の青年たちが親しげに声をかけてきたからだ。

「義明！　珍しいな、こんなところに来るなんて」

「何度も見返したぞ。他人の空似じゃないかと思ってな」

仕立てのよい背広を着こなした青年たちは、義明と同年代の華族の子弟だ。華族は親戚や姻戚関係で複雑に結ばれている狭い世界だから、直接話をしたことはなくても、どこかで会ったことがある程度の人間は、たくさんいる。

十和子も彼らに見覚えがあった。

「お、そちらは、朝倉のお嬢さんだろう。今度、結婚が決まったっていう」

中のひとりに無遠慮に見つめられ、はてどうしようと悩んだときだった。

義明が彼の肩を叩いた。

「あっちに行こう。俺は腹が減ってきた」

「ああ、いいぞ。積もる話があるからな。おまえときたら、集まりにも顔を出さないで――」

青年たちは十和子への興味を失ったのか、背を向けて模擬店へ歩いていく。

ほっとしたのも束の間、野田とふたりで残されたことに気づき、内心で恐慌状態に陥る。

（義明従兄さんったら、ひどいわ）

義明が彼らを誘ったのは、十和子が質問責めにされるのを防ぐためだったのかもしれない。

が、野田とふたりだけにされるのは困る。どうしたものかと彼を見やれば、すでに池のほうへ足を向けていた。

「あ、あの、いつもありがとうございます！」

思わず礼を叫んだのは、野田が桐谷と見合いをした時分に店を訪れだした客だったからだ。素性や名前など一切知らなかったが、ふらりとやってきては、必ずライスカレーを注文していたから、覚えてしまったのだった。

「あ、ああ」

野田は足を止めて、十和子に向き直った。少し迷うそぶりを見せてから、口を開く。

「……結婚されるそうだが、相手は、ご店主なのか」

野田の問いにガラスの破片で刺されたような痛みを覚えた。

「……いいえ、店主はまだ……」

野田の言う店主は十和子のことではない。一哉のことだ。

彼はライスカレーを食べたあと、店主はいるかといつもたずねた。そのたびに十和子は答えたのだ。まだ帰ってはおりません、と。

「そうか。では、同じ世界の人間と結婚されるんだな」

そう言って向けられた眼鏡越しの瞳には、あからさまな軽蔑(けいべつ)が宿っている。そんな感情をぶつけられるいわれはないが、事実と異なる思い込みをされるのはいやだから、十和子はきっぱりと訂正した。

「わたしの結婚相手は『桐谷土地』の社長さんです。華族ではありません」

と言ってから、軽くうつむく。

決して自慢ではなく、むしろお金欲しさの結婚だと丸わかりで恥ずかしいくらいなのだが、野田にはどう聞こえたのだろうか。

「そうなのか。華族が相手じゃないのか」

野田は拍子抜けした顔をして、眼鏡の縁を押し上げた。

「いや、正解だと思いますよ。これから世の中はどうなるかわからない。だったら、実力のある庶民と結婚したほうがいい」

「はあ」

十和子は気の抜けた返答をした。野田の話しぶりは失礼極まりないのだが、あまりに確信に満ちた口調なので、反論するのがためらわれた。

野田は園遊会の会場を見渡した。

空は藍色の幕にすっかり覆われて、ちらほら星が瞬いている。

けれど、明かりの下で談笑する人々は、空の暗さなど気にしてはいないだろう。

「これからは華族だからと一概に胸を張っていられなくなる」

予言じみた低い声に、どきりとした。

「の、野田さん、何をおっしゃって――」

「いずれ我が国でも革命が起きますよ」

そのひと言に息が止まりそうになった。

遠くロシアで血塗られた革命が起きて、十年と経たない。革命やアカといった単語は、皇室の藩屏たる華族にとって受け入れがたいものなのだ。

野田の言葉に潜む不吉な響きに、知らず身震いした。

「そ、そんなこと、起こるはずありません」

「華族はその昔、大名や公家だった。庶民を搾取しているのは、そのころから変わらない。それがいつまでも続くとは思わないことです」

上等な服を着た名士たちを見つめる野田の目には、仄暗い輝きがあった。

十和子は水滴がついたグラスを胸に当て、彼と同じように園遊会の会場を見渡す。華やかな光景には一点の曇りもない。

けれど、それが嵐の前の静けさに思えて、いやでも不安をかきたてられるのだった。

翌朝、十和子は店で開店準備をしていた。

椅子をいったん店外に運びだし、引き戸を開けたままにする。まずは、はたきをかけてから、テーブルの下を丁寧に掃いた。

少し熱いくらいの湯に雑巾をつけて、電球の傘や壁のふちなど拭いていく。毎日油を使うせいで、店内には粘ついた埃(ほこり)がたまってしまう。こまめに掃除して、清潔で快適な空間を保たなければならない。

「暑いわね」

身体(からだ)を動かしていると、汗が自然と肌に浮いてくる。こめかみからひと筋流れた汗を、髪を覆っていた手拭(てぬぐ)いで拭った。

掃除が済み、椅子を店内のテーブルの下に収め、テーブルクロスを新しいものに替えてから、厨房(ちゅうぼう)の様子を見に行く。

ハルができあがったスゥプの味見をしていた。唇を舌で舐(な)めて、大きくうなずく。

煮込んだ牛のすね肉のミンチと野菜の旨みが舌にやさしく広がって、胃袋に期待が満ちる味だ。

小皿に分けられたスゥプをひと口飲む。

「ハルちゃん、わたしにもちょうだい」

「うん、うまいね」

「おいしい……。これを飲むと、お料理をもりもり食べるぞって気分になるわ」

「そのためのスゥプだからね」

オムライスにポークカツレツ、ミートクロケットといったメインを食べる前の一品にぴったりだ。

ハルが棚から小麦粉とカレー粉を取り出した。カレーのルゥを作るのだろう。

十和子は野田のことを報告する。

「ねえ、ハルちゃん。昨日の園遊会で野田さんに会ったわ」

「野田さんって、誰よ」

「たまに来るでしょう。ライスカレーを食べて、一哉さんのことを訊くお客さまが」

「ああ、あの冗談の通じなさそうな眼鏡のお兄ちゃんか！」

歯に衣着せぬ発言に十和子は噴き出しそうになり、あわてて手で口元を押さえた。

「ハルちゃんったら、失礼だわ。野田さんは東京帝大の学生さんなのよ」

「へえ、そりゃすごい。頭がいいんだろうねぇ」

ハルは粉の分量を量る手を止めると、感心したようにうなずいている。

「十和ちゃん、その野田さんは、華族なの？　園遊会に来たってことは、そうなんだろうけど」

「違うのよ。わたしの従兄の後輩で、どうやら連れてこられたってだけなの」

「十和ちゃんの従兄も華族なんだよね？」

ハルの質問に十和子はうなずいてから、つい小首を傾げる。

義明が珍しく園遊会に出席したのは、知り合いに見学させるためだと言っていた。

その知り合いが野田なのだろうが、彼はなぜ華族の集いに顔を出したのだろう。

『いずれ我が国でも革命が起きますよ』

野田の予言じみた言葉が、和紙にこぼした墨（すみ）のように不安を広げていく。たまらず口にした。

「野田さんは、革命が起こるって言っていたわ」

「革命？」

「世の中が変わってしまうってことよ」

ハルに説明してから、重い息を吐く。

ロシアの革命は、世の中をすっかり変えてしまったという。権力の頂点にいた皇帝が殺されて、支配される側だった農民や労働者が政権を握ったと教わった。

(もしもそうなったら、わたしはどうなるのかしら)

十和子自身がどう思おうと、生まれが華族であることは揺るぎようのない事実だ。皇室を守るための華族——革命が起きたら、真っ先に粛清されてしまうのだろうか。

暗くなりゆく物思いをハルがあっさりと断ち切った。

「なんだ、そういうことか」

「ハルちゃんったら、軽く言って……」

「だって、世の中は変わるもんじゃないの。特別なことじゃない」

ハルの穏やかな表情に緊張が抜けてしまう。

「で、でも、革命っていうのは、もっと大ごとで……」

「大ごとなのはわかるけど、そんなに怖がることはないんじゃないの。世の中が変わるんだったら、自分も変わればいいんだから」

ハルはそう言うと、玉ねぎの皮を剝きだす。真剣に、しかし、心底楽しんで料理を作るハルは、店を再び開くにあたって、十和子がもっとも頼りにした仲間だった。

（ハルちゃんが頼りになるって思ったのは、料理が上手なだけじゃないからだわ）

無意識のうちに、ハルのしなやかで、したたかな考え方を頼っていたのではないか。

そう思ってしまうほどに、ハルのひと言は十和子の気持ちを切り替えてくれる。

「……そうね、世の中は変わるものよね」

「そうだよ。昔は洋食なんて偉い人だけの食べ物だったけど、今は下町に住んでいる人たちだって食べに来るじゃないの。誕生日のお祝いをこの店でしたりさ。変わって当たり前だって考えたら、別に怖がる必要はないよ」

ハルに明るく言われると、そうかもしれないと思えてくる。大切なことは、変化を怖がらずにどうやって生き抜いていけるか考え、実行していくことではないか。

「ハルちゃんの言うとおりね」

「そんなに心配する必要なんてないと思うけどな、十和ちゃんには社長さんがいるんだから。いざとなったら、身体を張って守ってくれるよ」

ハルのからかいに、頰が急激に熱くなる。

「そ、それって、どういうことなの？」

「社長さんは十和ちゃんの旦那さんになるんだよ。遠慮せず、助けてもらえばいいじゃないの」

十和子は熱すぎる風呂に入っているような気持ちになりながら、割烹着の裾を両手で揉んだ。

「わ、わたしと桐谷さんは形だけの夫婦になるのよ。そんな……助けてだなんて、言えないわ」

「形だけの夫婦でも、助け合えばいいじゃないの」

なんでもなさそうに言われて、十和子は眉尻を下げる。干渉し合わない夫婦になりましょうという条件をつけておきながら、困ったときはすがるなんて、ずいぶん虫がよすぎる考えではないか。

「そう簡単には……」

「十和子ちゃんって難しく考えるね。ただ、助けてくださいって言うだけなのに」

不思議そうにされて、十和子はいたたまれなくなった。あわててハルに作り笑いを向ける。

「ハルちゃん、わたし外の掃除に行ってくるわ」

ハルに呼び止められぬよう、そそくさと厨房から店内へ進み、さらに引き戸を開けて外に出る。

きんと音がしそうなほど鋭い陽光に、目が細くなった。

「今日も暑いわね」

意味なく漏らした感想に、未だ頰に残る熱を実感させられる。

外に置いていたバケツに突っ込んでいた柄杓を手にすると、打ち水を始める。

水を撒くたびに、湿った土の匂いがあたりに漂う。その匂いをかぎながら、十和子は地面に視線を落として、一心に水を撒いた。

(桐谷さんに条件付きの結婚だと申し出たのは、わたしのほうなのに)

桐谷を結婚相手に選んだのは理由がある。

十和子を妻にするのは体裁を整えるためだという彼の考えが好都合だったからだ。

洋食店の経営なんて、およそ華族令嬢がやらないことをやっている十和子にとって、結婚相手に求める最大の条件は、自分の邪魔をしない男というものだった。

桐谷はこの条件にぴったりだし、さらには資産家で、朝倉の家を援助してもらえるというおまけまでついている。

桐谷にとっても、この結婚は有利だった。

華族と繫がりが持てるし、貴族院議員である兄・慎太郎は、桐谷に有益な情報をいち早く流して、彼の商売を助けるだろう。

条件だけで決めた結婚だというのに、最近は、どうにも桐谷との距離の置き方に悩んでしまう十和子だ。

彼をすっかり無視するわけにはいかない。しかし、彼に近づきすぎると、条件付きの結婚という前提が崩れてしまいそうだ。

(困ったときだけ頼るなんて、やっぱり失礼だわ)

まるで利用しているみたいではないか。

(……確かに、利用しているようなものだけど)

彼が未来の夫になっていいと約束してくれたおかげで、断るためだけの見合いなどしなくてよくなった。桐谷という盾を手に入れたおかげで、十和子はかえって自由になったのだ。

(これ以上、桐谷さんに甘えるわけにはいかない)

心に生じた緩みを断つように水を勢いよく撒いたときだった。

「あっ」

という悲鳴がして、思わず顔を上げた。

少し離れた場所に、二十代後半くらいの女性が子どもふたりの手を繋いで立っている。

着物の裾が濡れていて、十和子は青くなった。

「ごめんなさい！　水、かけてしまいました？」

「え、あ、はい……」

「いやだ！　本当にごめんなさい！」

十和子はバケツを道端に置くと、小走りで彼女に近寄った。

適当な布がなかったから、髪を覆っていた手拭いをはずし、しゃがんで着物の裾に押し当てる。

「あ、あの、けっこうですから」

「いいえ、染みになっては大変。それにしても、本当にごめんなさい」

乱暴に水を撒いたせいで、通りすがりの女性に迷惑をかけてしまった。手拭いで裾を押さえていると、彼女がほんの少し足を引いた。

「もう大丈夫ですから」

穏やかな声音（こわね）に恐縮しつつ、十和子は立ち上がった。子連れの女性は、口元に静かな微笑を広げる。

「ご迷惑をおかけして……」

「いいえ、あの……ななつぼし洋食店で働いていらっしゃるんですか？」

ためらいがちに問われ、十和子はうなずく。

「ええ。わたしのお店です」

面映ゆいような気持ちで答えると、彼女が一瞬怯んだような顔つきをした。

「あの、何か？」

彼女は子どもたちの顔を見下ろすと、意を決したように眼差しを強くした。

「お願いがあるんです」

そう言って頭を下げる姿は決然として、初対面だというのに断りきれないような迫力があった。

「た、立ち話もなんですから、中にどうぞ」

気圧された気分になりながら、店に案内する。ふたりの子どもの手をしっかりと握って、彼女は店に入ってきた。

縞柄の着物を着た色白の華奢な女性は、店の中を興味深そうに見渡している。

子どもは八、九歳くらいの女の子と四、五歳くらいの男の子。母親と同じように店を見渡している。

「どうぞお座りください」

奥にある広めのテーブルの椅子を引いてから、子どもたちに笑いかけた。

「カルピスは好きかしら？」

上の女の子がぱっと顔を輝かせた。

「好き！」

「じゃあ、座って待っていてね」

「お気遣いなく」

　母親があわてて手を振るものだから、十和子はにっこりと笑った。

「いいんですよ。いつもお店にあるものだから」

　止められないうちにと暖簾をかきわけて厨房に入る。ハルに手早く説明をしてから、カルピスを用意した。

　カルピスは一本あたりの値段はラムネやサイダーよりも高いが、水で割るから一杯あたりの値段はお手頃だ。

　甘酸っぱい味は子どもたちに人気で、誕生会の飲み物としてよく注文が入った。

　グラスに砕いた氷を入れて、水とカルピスを注ぐ。スプーンでかき混ぜてから、盆に載せた。母親用には麦湯を用意すると、三つのグラスを盆に載せて、店内に戻った。

　並んだ椅子に三人腰かける姿は仲睦まじい。隣に座る子の髪を撫でている母親の笑みがやさしかった。

　自然と唇をほころばせながら、十和子はテーブルに盆を置いた。

「お待たせしました」

グラスを各人の前に並べると、子どもたちが瞳をきらきらさせ、喉(のど)を鳴らしてカルピスを飲みだす。

しかし、母親は膝(ひざ)に視線を落とし、一転して緊張の面持ちになった。

「喉が渇いたでしょう。麦湯をどうぞ」

「は、はい」

十和子が対面に座ると、気になったらしいハルが暖簾をかきわけて出てきた。

壁際に背を預けて、十和子たちを見守っている。

「お願いってなんでしょう?」

十和子はできるだけやわらかい声音で問いかける。

もしかしたら、働かせてくれという頼みではないかと予想していた。子どもふたり、行く当てもない母親が偶然見かけた女店主の店で働く——そんな物語めいた展開になるのだろうか。

「……実は、わたしの夫がこちらの店主——千住(せんじゅ)さんにお金を貸していたんです」

膝に載せていた小さな巾着から折りたたんだ紙を取り出すとテーブルに広げ、女性が気まずげに話しだす。予想が完全に裏切られて、十和子は彼女の顔と紙を見比べた。

「お、お金を一哉さんが借りていた?」

「ええ。その……わたしの夫がこの間亡くなって、遺品の整理をしていたときに、借用書を見つけたんです」

　十和子は借用書を持ち上げた。

　借り手として書かれた字には、確かに見覚えがある。

　一哉はお世辞にも字がうまいとは言えなかった。痩せた字は妙に自信がなさげで、料理をしているときの覇気に満ちた様子とは大違いだった。

『俺、小学校もまともに通ってなかったから』

　女学生だと自己紹介した十和子に、一哉は気が引けると言いたげな顔をしていた。一哉の境遇を考えたら、不思議ではなかったのだが。

「一哉の字だね」

「……そうよね」

　背後に近寄ったハルが借用書を覗いて言う。十和子よりも付き合いの長い彼女に断言されると、疑うわけにはいかなくなった。

「わたしの夫は中村と申します」

「中村さんね。一哉から聞いたことがあるよ。関西で修業していたときの先輩だったんですよね」

「……らしいです」

中村夫人が力なくうなずく。

「中村さん、お亡くなりになられたんですか」

ハルが十和子の隣に座る。中村夫人は、唇を震わせてから、首をこくんと縦に動かした。

「肝臓(かんぞう)が悪くなっていたんです。全然、気づきませんでした。入院して、治療をしていたんですが……」

「まだお若かったでしょうに……」

十和子は思わずうめいた。

「一年近くがんばってくれたんですが、この間、亡くなって……」

十和子はハルと顔を見合わせた。

中村夫人は洟(はな)をすすると、巾着から取り出した手拭いで目元を押さえた。

カルピスを飲み干して、所在なげな子どもたちが母親を心配そうに見上げている。

「……それはお気の毒ですね」

おかわりを作るためだろう。ハルが空いたグラスを盆に載せて静かに去る。横目で見送ると、十和子はこれからどう話が進んでいくのかと考える。

「千住さんは、その……震災後、行方不明になったと夫からは聞いておりました」

中村夫人はひと息に言ってから、喉を鳴らした。子どもたちをしばらく見つめてから、十和子に顔を向ける。

「今さら、こんなことを申し出るのは心苦しいのですが、その……うちは夫が入院中、店を閉めていたので、まったく収入がなかったんです。おまけに貯金も底をついてしまって。千住さんにお願いするべきことを、こちらに言うのは筋違いだとわかっているんですが……」

中村夫人は白い頬をさらに青白くしている。よほど緊張しているのだろう。

十和子はテーブルに置いた紙を見つめた。

(金壱百六十円也)

職工の日給が二円から四円くらいだから、一度に用意するとなると、かなりの額だ。日付はこの店を開く前。おそらく開店資金の一部を借りたのだろう。

「ハルちゃん、一哉さんが中村さんからお金を借りていたことを知っていた?」

「ごめん、あたしも知らなくてさ。金は自分が用意するからって一哉に言われて」

子どもたちにカルピスのおかわりを差し出しながら、ハルが申し訳なさそうな顔をする。

「あの、嘘をついているわけでは――」

血相を変える中村夫人を落ち着かせるべく、十和子は微笑んだ。

「疑っているわけではありません。この店を開く前の事情を、よく知らないものだから」

「その……これは夫の口癖だったんですが、友人に金を貸すのはあげたのと同じだと言っていました」

中村夫人の懐かしげな声音に、十和子は借用書を見つめる。

「一哉もさ。返せるところには、どんどんお金を返してたよ。利子がつくと困るんだって話してたから」

ハルが一哉をかばうように説明する。

おそらく、一哉はめぼしい知り合いや銀行から金を借りたが、そのほとんどは返済したのだろう。

(中村夫人の旦那さまはおやさしい人だったから、待ってもらっていたのね、きっと)

けれど、一哉は行方不明になってしまった。

中村氏はそれを知ったから、金はやったと考えて、十和子たちに返済を求めたりしなかった。

(でも、中村夫人は困っている)

稼ぎ頭の中村氏が亡くなっただけでなく、貯金さえ使い果たしたのだから、当然だ。子どもふたりを食べさせていかないといけないし、貸した金があるなら返してほしいと考えるのも無理はない。

「……わかりました。このお金は、わたしが用立てます」

「十和ちゃん」

ハルの驚いた声音を涼しい表情で聞き流して、中村夫人に笑いかけた。

「少しお時間をいただけますか？　お金を用意したら、ご連絡を差し上げます。ご住所を伺ってもよろしいですか？」

目配せすると、ハルが紙と鉛筆を持ってきた。中村夫人が住所を記す間、子どもたちを眺める。

カルピスをおいしそうに飲んでいる弟の頭を姉が愛おしげに撫でている。仲のよい姉弟の姿に、胸が温かくなった。

「……本当によろしいのでしょうか」

中村夫人が紙を十和子に滑らせ、恐縮したように肩をすくめる。

十和子は借用書を折り目に添ってたたむと、夫人に手渡した。

「かまいません。千住の借りたお金ですから、わたしが返します」

店を継いだのは十和子だ。

ならば、ここは自分が責任を持つべきだと腹をくくった。

子どもたちがカルピスを飲み干すと、中村夫人はふたりを促しつつ立ち上がった。

「それでは、失礼します。あの、無理なときは遠慮なくおっしゃってください」

「大丈夫です。お金は必ず用意します」

話がとんとん拍子に進んだせいか、半信半疑といった様子で店の外に出る中村夫人を見送る。

大きく手を振りながら去る子どもたちに笑顔で手を振り返し、店に入ったとたん、ハルに肩を摑まれた。

「ハ、ハルちゃん!?」

「十和ちゃん、本気？　一哉の金を返すなんて」

「本気よ。一哉さんだって返すつもりだったと思うわ」

震災のせいで、できなくなっただけだ。

中村氏の好意に甘え、待ってもらっていただけで、本来ならすぐにでも返済したかったに違いない。

「どうするのよ。二、三日で用意できる額じゃないだろう?」

ハルの言うとおりで、店の運転資金を考えたら、一括返済は厳しい額だ。

「社長さんに頼んだら」

「まあ、それはできないわ」

とっさに答えると、ハルは怪訝そうな顔をした。

「なんでさ。社長さんに頼むのが、一番手っ取り早いと思うけど」

「それはそうだけど、お金を借りようと思ったら、事情を話さなくちゃいけないでしょう。それはいやなの」

一哉が借りた金を返すために桐谷の協力を仰ぐのは、何か違う気がする。

「だったら、お金はどうやって用意するのよ」

ハルに真剣な顔をされて、十和子はうっと息を詰まらせた。

「なんとかするわ」

「なんとかって……」

「なんとかするから！」

強く言うと、ハルが肩からゆっくりと手を放す。

「十和ちゃん、無茶しないでよ」

「しないわ。さ、ハルちゃん。開店の準備よ。まだまだいっぱいやることあるでしょ」

下拵え（したごしら）えはまだ途中だ。野菜を切っておかないといけないし、肉の筋切りをしないといけないし、と指折りながら厨房を目指す。

（お金、どうしよう）

元気を装いながら、心はどんよりと重くなるばかりだった。


数日後のことである。

陽射しがきつくなる前に、十和子は郊外にある朝倉の邸に久々に帰った。

「まったく、お嬢さまったら、ご結婚のご準備もおありなんですから、お店なんかさっさとたたんでくださいまし」

「たたみません。桐谷さんは、わたしに干渉しないと約束してくれたの。わたしが何をやろうと、桐谷さんは文句なんか言わないわ」

背後をついてくるのは、女中頭のタキだ。六十近くになるというのに、目も耳もしっかりとしていて、朝倉の家をまとめあげている。

タキのお小言はいつものことだけれど、急いでいる今日はいささか煩わしかった。

「お嬢さまが何も言わなかったら、坊ちゃまが婚礼のあれやこれやを勝手にお決めになりますよ」

「わたしが決めることなんて何もないじゃないの。衣装だって、自然とそろってしまうんだから」

お色直しの打ち掛けだって、祖母から母へと受け継がれた逸品がある。招待客は兄と桐谷が決めてしまうだろうし、十和子は指をくわえて眺めていることしかできない。

「お嬢さま。それでよろしいんですか？」

「よろしいも何も、結婚は家のことなんだから」

早足で二階の自室の前まで来ると、タキを振り返った。

「お兄さまはお出かけなさったのよね」

「ええ。某伯爵のお宅に伺うとおっしゃっておりましたが」

「そう。わたしのことは、しばらくひとりにしておいてくれる？」

「お嬢さま？」

怪訝そうなタキを牽制するように唇に指を押し当てた。

「お兄さまには内密に、ね」

部屋に入ると、素早く鍵をかけた。

それから、部屋を見渡す。

薔薇と蔓草の絹壁紙が張られた洋風の部屋は、主がいなくとも、きちんと整えられていた。

入ってすぐの衣装部屋は、桐の和箪笥や洋箪笥、大きな姿見があり、中央には毛足の長い絨毯が敷かれている。

十和子は和簞笥に近寄ると、一段一段開けていった。

「いいお着物は、もうあまり残っていないのよね」

ほとんど質入れしてしまったのだが、いくらかは残っているはずだ。

結局、十和子が借金を返す手立てとして思いついたのは、質屋に駆け込むことだった。

「この縮緬だったら、いくらで引き取ってもらえるかしら」

涼しげな青色の縮緬には、銀色に輝く水と色とりどりの鯉が染め上げられている。

母が仕立てて譲り受けたものだ。

「確かそろいの帯もあったはず……」

ごそごそと簞笥の中を漁りながら、十和子は頭の中で算盤を弾く。

(この際だから、あのサファイアの帯留めも質入れしてしまいましょう)

夜の始まりの空を切り取ったような美しい宝石の帯留めは、あまりにもったいなさすぎて、以前の質入れの際には手元に残しておいたのだ。

(緊急事態なのだもの。仕方ないわ)

母や祖母から受け継いだものを手放すのは忍びないが、背に腹はかえられない。

着物や帯に帯留めを風呂敷で包んでしまうと、十和子はそっと部屋の外に出た。

タキはいない。

（好都合だわ）

風呂敷の中身を質問されたら面倒だ。

十和子は風呂敷を右手に抱えると、スリッパを脱いで左手でつまみ、足音を押し殺して階段を降りる。息を止めるようにして玄関ホールまでやってきたときだ。

半腰でスリッパを置いたところで、玄関の扉が開かれた。

入ってきたのは背広姿の兄・慎太郎だ。

威厳を出そうとしているのか、生やした鼻の下の八の字髭が相変わらずちっとも似合っておらず、噴き出しそうになるのをこらえねばならなかった。

慎太郎は幽霊でも見たように目を見開く。

「十和子！」

「あら、お帰りなさい、お兄さま。わたし、失礼しますわ」

ぞうりを履こうとしたら、近寄ってきた慎太郎に腕を掴まれた。十和子は眉をひそめて、やんわりと腕を払う。

慎太郎が胸を心持ちそらし、精一杯の威圧感を演出する。

「十和子、何をしに来た？」

た。

「まあ、お兄さまったらひどい。家に帰ってはいけないとおっしゃるの？」

「放蕩娘のおまえが、なんの用もなくこの邸を訪れるはずがない」

うさんくさい押し売りに向けるような眼差しに、皮肉でもなんでもなく拍手したくなった。

（お兄さまったら、慧眼）

十和子の本性を見破っている慎太郎は、容赦なく冷たい。

「何を企んでいるんだ、十和子」

「何も企んでいませんわ。お兄さま」

「その風呂敷はなんだ」

「なんでもありません」

「開けてみろ」

慎太郎に顎をしゃくられたが、十和子は風呂敷を抱いて黙り込む。

（さて、どうしようかしら）

着物を見られたら、文句を言われるに違いない。文句だけで済めばいいが、持ちだす理由をあれこれ訊かれたら面倒だ。

「まあまあ、坊ちゃま。あたくしがやりますから」

いつのまにやら出てきたタキが、十和子の手から風呂敷をひったくる。

「あ、何をするのよ」

「お嬢さま、ここは坊ちゃまのおっしゃるとおりになさいませ」

タキが右目できつくにらんでから、風呂敷を上がり口の敷物の上で広げた。

中に収められた着物を見るや、慎太郎が驚きの声を出す。

「なんだ、この着物は。どうするつもりだ」

「質屋に持っていきますの」

腹をくくって平静を装うと、慎太郎が眦を吊り上げた。

「質屋だと!?」

「お金が必要なんです」

落ち着き払った十和子の言い訳を聞くや、タキが悔しげに顔をしかめた。

「……昔だったら、お嬢さまが質屋に足をお運びになるなんて、なかったものを」

「金が必要なら、桐谷に頼めばいいだろう」

さも当然のように言われて、今度は十和子が眉を跳ね上げる番だった。

「桐谷さんに頼めばいいだなんて！」

「なんのために結婚するのかわかっているのか、十和子。いざとなったら、金を出させるためだろう」

「そんな言いぐさ――」

「桐谷だって、それくらいわかっているはずだ。承知の上でおまえをもらうんだから」

十和子は慎太郎の顔をまじまじと見つめた。

慎太郎は一切悪びれるところがない。当たり前だと思っているからだろう。

十和子は唇を引き結んだ。

「わたしはいやです」

「子どもじゃあるまいし、意地を張るな」

「とにかく、このお着物はわたしのものなんですから、わたしがどうしようと勝手でしょう」

十和子は風呂敷をさっと畳むと、ぞうりに足を入れ、俊敏に駆けだそうとし――慎太郎にまたもや腕を摑まれた。

「着物は置いていけ。おまえのものじゃない。朝倉のものだぞ」

背後に立つ兄を振り返って、十和子は舌を出した。

「十和子!」

「お兄さま。わたしの邪魔をするなら、桐谷さんとの結婚はお断りしますわよ!」

小娘の脅しといえども効果はあった。

慎太郎は十和子をにらんだまま、けれど、腕は放してくれた。

「ごめんなさいね、お兄さま！」

玄関の扉を開けると、兄の運転手があわてて近寄ってきて、押さえてくれる。

感謝を込めてにっこり笑うと、十和子はまるで盗人（ぬすっと）のように駆けだした。


朝倉の本邸から逃げるように帰った翌朝。

十和子は思いもよらぬ来客を迎える羽目になった。

店の準備を整えたあと、風呂敷を手に質屋に行かんと引き戸を開けると、桐谷が店に向かって歩いてくるではないか。

（な、なぜ？）

からからと引き戸を閉めようとすれば、桐谷がすかさず戸を押さえる。

「君の店は客を門前払いするのか？」

「ま、まあ、違いますわ」

引き戸を開けると、桐谷が店に入ってくる。

十和子は一歩退（しりぞ）いて、彼を中に迎え入れた。

「なんのご用です?」

いやな予感を覚えながら問えば、桐谷は眉を寄せた。

「君のお兄さんから電話をもらった。十和子が質屋に行く用があるというから、相談に乗ってくれないかと」

「兄さんったら……!」

十和子は桐谷を真似して眉を寄せると、唇をひょっとこみたいに突き出した。

「金がいるのか?」

「お気遣いは不要です」

十和子はわざとらしいほどの作り笑いをして、質問を退けようとした。

「なぜ金がいるんだ?」

遠慮なく核心をついてくる桐谷に弱ってしまう。

「お金は自分で用意しますから」

「着物を質入れすれば、なんとかなる額なのか?」

これには言葉を失った。

用意した着物は上等なものだと自負しているが、百六十円の質値がつくかわからない。

「……たぶん」

「いくら必要なんだ?」

断っているのに、聞こえていないのだろうか。

十和子は眉尻を下げて彼を見つめた。

「どうした?」

「お金は自分で用意します」

一哉の借金を返すための金だ。なぜだかわからないが、その金を桐谷から借りてはいけないという気がしてならなかった。

「言えないことに使うのか」

「ち、違います!」

妙な疑いを持たれては困ると、十和子は首を左右に振った。

「お金は……その……今月、少し厳しくて……」

さすがに一哉の借金を返すためという理由は言えなくて、適当な言い訳をこしらえる。

桐谷はほっとしたように、肩を下げた。

その仕草で、彼がどうやら心配してくれていたらしいと気づいてしまう。

十和子は意外な気持ちで瞬きした。

「だったら、素直にそう言えばいいんだ」

桐谷が苛立たしげにつま先を何度か鳴らすから、十和子はなんとなくむっとした。

「わたしが悪いんですの？」

「君が着物を持ちださず、俺に相談していれば、君のお兄さんは騒いだりしなかっただろう」

「兄がご迷惑をおかけしました」

不満を抑えて、頭を下げた。

慎太郎が電話をかけなかったら、桐谷が足を運ぶ事態にはならなかったのだ。

（まったくお兄さまったら！）

桐谷に〝告げ口〟するなんて大人げない。

着物を惜しんでいるに違いないのだ。

「兄さんは着物を質に入れたくないだけなんです。だから、桐谷さんにお金を出させようとして……自分の懐を痛めないようにしているんだわ」

桐谷は唇の端で皮肉っぽく笑った。

「華族とはそういうもんじゃないのか？」

桐谷の言い分に、ふと野田の声を思い出した。

『華族はその昔、大名や公家だった。庶民を搾取しているのは、そのころから変わらない。

それがいつまでも続くとは思わないことです』

　他人から養われることを当然だと考えている、と糾弾する言葉だった。

　物思いに引きずられていると、桐谷がさっさと話を決めてしまう。

「金は今度持参しよう。いくら必要だ？」

「ひゃ、百六十円です」

　おそるおそる言えば、桐谷が軽くうなずいた。

「わかった。百六十円やろう」

「もらえません。貸しということにしておいてください」

「貸し？」

　怪訝そうに眉をひそめられ、十和子は真剣にうなずいた。

「必ず返します」

　もらうわけにはいかないという危機感と責任感が湧く。

　ここで桐谷に甘えることを知ったら、店の金が足りなくなったとしても桐谷に借りてしまいかねない。

「……わかった」

　桐谷の眼差しが十和子の気持ちを受け止めてくれる。

「借用書を書こう。それを見ながら、せいぜいがんばることだ」

「は、はあ」

彼の笑みが妙に意地悪く見えて、腹がむずむずと落ち着かなくなった。

「桐谷さん、楽しそうですわね」

「いくらか借金を背負っていると、ふつうの人間なら怠(なま)けてはいられないと身が引き締まる」

「わたしが怠けないための借金ということですか?」

「まあ、そうだな」

桐谷は片頬を持ち上げて不敵に笑ってから、十和子の肩を叩いた。

「店を開いていれば、うまくいかないこともある。打開策を考えながらやってみろ」

「……はい」

どうやら、彼は十和子の本当の目的に気づいていないようだ。それに安堵(あんど)し、また申し訳なくなる。

「ありがとうございます、桐谷さん」

心から感謝を込めて礼を言った。

十和子が困っていると信じ、ためらわずに助けの手を差し伸べてくれたことがうれしい。

自然と浮かんだ微笑みを向けると、桐谷はなぜかたじろいだ。

「当たり前のことをしただけだ」

肩からぱっと手を離して、咳払いなぞしている。

「あの？」

「困ったときはなんでも言うんだぞ」

小さい子を諭すような口ぶりだが、なぜか言葉に反して落ち着かない様子だ。

「桐谷さん、どうかしました？」

「いや、いい。今度は金を持ってくる」

くるりと踵(きびす)を返すものだから、十和子は彼の袖を摑んだ。

「桐谷さん、ごはんを食べていきません？」

お礼といったら、それくらいしかできない。

だが、彼は十和子の手をやんわりとはずした。

「今度、頼む」

「はい」

真顔で断るものだから、さらに誘うこともできない。

油をさしていない機械のようにぎくしゃくとした動きで、桐谷は店を出ていく。

小首を傾げる十和子は、暖簾の陰から見つめるハルが声を殺して笑っていることなど、さっぱり気づかなかった。

一週間後、十和子は桐谷から金を借り、中村夫人に返しに行った。

（ようやく肩の荷が下りたわ）

中村夫人の自宅を訪ねると、子どもたちは『カルピスのお姉さん』と呼んで、出迎えてくれた。青地に白の水玉模様の包装紙にくるまれたカルピスを差し出すと、瓶を抱きしめて喜んでくれた姿は、思わず笑ってしまうほど可愛らしかった。

恐縮する中村夫人に金を押しつけると、十和子は茶を一杯ごちそうになる間、彼女の話を聞いた。

店は売ってしまったのだと語る中村夫人は寂しそうだった。

（知り合いの伝手を頼って働くと言っていたけれど、大丈夫かしら）

子どもふたりを養うために、自分ががんばらなければいけないと語っていたが、心配になる。困ったことがあったら、相談してくれと言わずにはいられなかった。

「お嬢さん、つきましたよ」

「ありがとう」

汗をしたたらせながら俥を引いてくれた車夫に金を払うと、十和子は店に戻った。

「ただいま、ハルちゃん」

「おかえり。十和ちゃん、郵便屋さんが来たよ」

「郵便屋さん？」

出迎えてくれたハルは手紙を渡すと、すぐ厨房に引っ込む。

十和子は手近な椅子に座って、封筒を表裏とひっくり返した。

宛先は書かれているが、差出人の名と住所がない。

「いったい誰かしら」

心当たりがない手紙に、やや薄気味の悪さを覚えながら、十和子は封筒をテーブルに置く。店の入り口近くに備えてあるレジスターの台の引き出しから鋏を取り出すと、手紙を置いたテーブルに戻って椅子に座った。

（手紙をもらって、こんなにどきどきするのは、女学校のとき以来だわ）

女学校では手紙のやりとりが頻繁だった。教師陣はよい顔をしなかったが、陰でこっそりと手紙を送り合って、姉妹関係を結ぶのが流行だったのだ。

十和子は積極的にそんな付き合いをしていたわけではなかったが、それでも下駄箱に入れられていた手紙を発見したときは、胸が高鳴ったものだ。

鋏で封を切り、便箋を取り出す。

定規で書いたような几帳面な字を追っていると、変な声が出た。

「な、な、なんですって!」

「十和ちゃん、どうしたの!?」

動揺もあらわな甲高い声を聞いたハルが、おたまを持ったまま厨房から出てきた。

「な、なんでもないのっ!」

便箋を胸に押し当てて、首をぶんぶんと横に振る。

「なんでもないって顔じゃないよ」

「な、なんでもないからっ!」

便箋をかばうように胸に抱き、目を見開いて首を振り続ける。

「……十和ちゃん、本気で大丈夫?」

「だ、大丈夫」

今度は張り子の虎のように首を何度も縦に振った。

「……なんか怖いよ、十和ちゃん」

「大丈夫だから。ハルちゃんは、厨房に戻って!」

あわてて手を振ると、ハルが化け物を見たようなおびえた顔をして暖簾の向こうに消える。十和子は胸を撫で下ろすと、おそるおそる便箋を見た。
「信じられない……」
何度も何度も目を通して、内容が変わらないことを確認する。
（い、一哉さんが生きているって！）
彼の件で相談したいことがあると書いてある。
「ついては、日曜日に上野恩賜公園に来られたし。この件については、他言無用……」
細かく指定された場所を頭の中で確認しながら、本当だろうかと疑ってしまう。
疑いながらも、十和子の答えはひとつだった。
（……行こう）
便箋を胸に押し当てて、十和子は眉をぐっと寄せる。
（行動しなければ、何も始まらないのだから）
それはこの店を守ると決めてから、十和子の信条になっていた。

日曜日になった。
特別な予約がなかったから、店は心おきなく休みにできた。何気ないふうを装って、ハルに出かけると告げると、十和子は店を出発した。

上野までは、徒歩で一時間弱はかかる。

いつもならば俥を使うが、十和子は歩いていくことにした。

気持ちが波立って、落ち着かない。

待ち合わせ場所まで歩いていくうちに、平常心を取り戻せるのではと思ったのだ。

白い日傘をさして、額に浮かぶ汗を拭いながら、ゆっくりと歩く。

（本当に、本当なの……）

手紙が届いてからずっと頭を占めていたのは、その内容だった。

（一哉さんが生きている……）

それは喜ばしい知らせのはずなのに、十和子の胸は晴れなかった。

（騙されているのかもしれない……）

そんな不安が、青空を隠す雲のように次から次へと湧いてくる。

（信じたい）

でも、信じられない。心の振り子が行ったり来たりを繰り返す。

いつもだったら、こんな不安はハルに話して解消する。けれど、他言無用と書いてあったから、彼女に相談もできなかった。

（桐谷さんに聞いてもらえばよかったかしら）

それはもっとためらわれた。

（一哉さんが生きていると言ったら、桐谷さんはどんな顔をするのだろう）

驚いて、それから——どう反応するか見当がつかなかった。見当がつかないとなると、口に出すことさえ恐ろしかった。

頭を振って、十和子は足を早めた。

いくら心を落ち着かせたいからといって、待ち合わせの時間に遅れるわけにはいかない。手紙に指定されていたのは、不忍池（しのばずのいけ）のほとり、観音堂（かんのんどう）を背にしたあたりだった。

十和子は日傘をたたんで、木陰のベンチに座る。手にしていた巾着袋から懐中時計を取り出した。父の使っていたお古だ。

（十二時と書いてあったわよね）

一緒に入れていた手紙を取り出した。

神経質なほどきっちりとした字体で、はっきり十二時と書かれている。時計の針は十一時半をさしていた。

（早すぎた？）

ふうと息を吐き出した。日陰にいるのに風は生ぬるく、暑くてたまらなかった。

暑熱は厳しいが、日曜日とあって、家族連れがちらほらと散策している。大人は扇子で風を送りながらぐったりとした顔をしているのに、子どもは元気なもので、歓声をあげながら走り回っている。

ぼんやりとその光景を見ているうちに、ドンの音が聞こえた。我に返って懐中時計を覗けば、十二時を過ぎている。

「まだかしら……」

そういえば、手紙には待ち合わせ場所と時間しか書いていなかった。差出人の名前もないし、誰が呼び出したのかわからないのだ。

(騙されたのかもしれない)

桐谷の商売敵か、はたまた兄の政敵が、一哉を利用して十和子を呼び出したのではないか。

(だけど、呼び出してどうするつもりなのかしら)

十和子を誘拐するには、手間がかかりすぎている。それとも、一哉の名や正体を使って醜聞を演出しようとでも企んでいるのか。

(帰ったほうがいい?)

そう思うものの、身体が動かない。

もしも、手紙の送り主が善良な人間で、時間に遅れているだけだと思うと、この場を離れてはいけないと自制が働くせいだ。

(あと少しだけ待とう)

帰るのはまだ早い。今、帰ってしまったら、一哉の所在が永遠にわからなくなるかもしれないのだ。

汗が背中をだらだらと伝う。襦袢(じゅばん)がぐっしょりと濡れ、肌に張りついて気持ちが悪い。蝉(せみ)の合唱がやかましかった。まるで土砂降りの雨音のようだ。

十和子は瞼を閉じた。そうすると、暑さのせいでぼうっとしていたせいか、意識の境界が曖昧(あいまい)になる。

『いらっしゃい』

幻の一哉がやさしい顔で手を差し出す。

おずおずと手を重ねると、彼はやわらかな笑みを浮かべた。

『十和ちゃんは才能あるな。俺が休みたいときは代わってもらおうかな』

彼がそう言ったとき、笑い合ったけど、十和子は本気にしなかったのだ。しかし、今にして思えば、まるで予言のようだ。

(早く帰ってきて)

幻の一哉に呼びかける。

（一哉さんがお休みしているから、ななつぼしはわたしが守っているのよ）

約束したから。

（だって、約束は守らないといけないでしょう？）

呼びかけると、一哉は困ったような顔をする。

（わたしとハルちゃんが守っているから）

だから、早く帰ってきて。

ずっと心の底でたゆたっている願いだ。

心の表にあらわれると、泣いてしまいそうになる。だから、日々の忙しさにまぎらせて心の底に沈ませているのに、重石がとれて浮かび上がってしまう。

「君、寝ているのか？」

肩を揺すられて、十和子は瞼を開いた。

空を飛んでいた意識が身体に引き戻される。覚束ない心地で声の主を見て、ぎょっとした。

「野田さん……」

十和子の肩を揺り動かしたのは野田だった。

今日はよれよれのグレーの背広を着ているが、園遊会で着ていた気取ったストライプの背広よりよほど似合っている。

「寝てしまったのかと思った」

彼の言葉には、遠く九州の匂いがする。

困惑して見つめると、野田は眼鏡のつるを押し上げた。

「野田さん、なぜここに」

「手紙を書いたのは僕だ」

「野田さんが？」

目を丸くする十和子に、彼は大きくうなずいた。

「一哉くんのことを相談したい」

野田の口調には少しも迷いがない。

今、逢ってきたばかりの人のことを話すような口ぶりに、十和子は戸惑う。

「あ、あの、野田さん――」

「彼は生きている」

淡々と告げられて、十和子は息をひとつ呑んだ。

「う、嘘……」

「信じられないのか？」

「信じたいと思っています。でも――」

どこかで生きていてほしいと願い――けれど、少しずつあきらめがふくらんでいく。そんな日々を送っていたのに、突然、一哉が生きていると断言されたのだ。素直に呑み込むには大きすぎる塊だった。

「信じられなくても仕方ない。もうすぐ二年になるからな」

野田は一瞬遠い目になった。

にわかに月日の重みを感じ、十和子の肩が下がる。

「あの……」

「だが、本当だ。これを見ればいい」

野田が背広の内ポケットから封筒を取り出す。それを手の中に押しつけられて、十和子は困ってしまった。

「野田さん、これは――」

「中を見ろ」

命令のような口調に不満を感じながら、封筒の中身を取り出した。手にしたものを見たとたん、硬直する。

「千住くんの写真だ」

白黒の写真には、一哉と野田が写っている。

どこで撮ったものかわからないが、遠くにはビルヂングが写りこんでいる。

ほがらかな笑顔の一哉に対し、野田は隙を見せてなるものかとでもいうように唇の両端を引き結んでいて、好対照だ。

「これは……」

一緒に入っていたのは、レシピだった。ライスカレーのレシピだ。痩せた字体で細々とライスカレーの作り方が書かれている。

「一哉さんの字だ……」

「彼が教えてくれたものだ。渋るのを頼んだ」

レシピを教えるなんて、ずいぶん親しかったのだろうか。とはいっても、よくよく読むと、一哉が工夫していた部分ははしょってある。

(たとえば、ルゥは濾して(こ)なめらかさを出すとか)

そんな細かなコツは書かれていない。

レシピを無言で見ていると、蟬の鳴き声におし包まれたようで、無性に叫び出したくなった。

「……一哉さんは、どこに」

「彼は故郷に帰っているよ」

十和子が野田を見つめると、彼は心なしか苦しそうに続けた。

「記憶をなくしているんだ。君のことは覚えていない。しかし、料理は忘れていないんだ。身体が勝手に動くんだろうね。向こうで店を始めると言っていた」

野田の唇を見ていると、別世界に引き込まれたような気になる。蟬と野田しかいない世界は、十和子の頭をかき乱すばかりだ。

「向こうでお店を開く……」

「彼を手伝ってほしいんだ」

そう提案されて、何度も唾を飲んだ。

喉が痛むのは、なぜだろう。

「手伝うってお店をですか?」

「察しが悪いな。金が必要だと言っている」

十和子はぎょっとして、思わず問いを発した。

「い、いくらですか?」

「三百円だ」

「そ、そんな大金、一度には無理です」

血相を変えると、野田の眼差しの温度が下がった。

「君には婚約者がいるだろう」

桐谷を頼れと言われて、さすがに顔をしかめた。

「そんな、無理です」

「店を継いだくせに、君は冷たいな」

情がないと思われたくなくて、あわてて首を振る羽目になった。

「ち、違います。助けたいとは思っているけれど……。それより、一哉さんを、その……連れてきていただくわけにはいかないんですか？」

記憶喪失というが、ななつぼし洋食店に来れば、記憶を取り戻すかもしれない。

しかし、彼は気まずそうに顔をそむけた。

「……彼のそばには新しい恋人がいるんだ」

「恋人……」

思いもよらぬ単語だった。

（一哉さんに恋人……）

頭の中で懸命に彼と恋人が共にいる光景を映そうとするが、うまく想像できない。

「千住くんは、その女（ひと）と新しい人生を始めるんだ」

野田の言葉はまるでナイフのようだった。

ひと刺しされるたびに、心臓が悲鳴をあげる。

「千住くんを助けてやってくれないか」

だめ押しのような提案に、視線が膝の上に落ちた。写真の一哉の笑顔が懐かしい。

「……会わせてはいただけませんか？」

「彼女がいやがるんだよ。東京に行ったら、帰ってこないと思っている」

様子を窺うような野田の目と写真の間に何度も視線を往復させた。

「君だって新しい人生を始めるんだろう。その前に、彼を助けてやってはくれないか」

おあいこだと責められているような気がした。過去を捨てるのは、おまえも同じじゃないかと言われているのだ。

瞼を閉じて、ゆっくり開けたときには、決意を固めていた。

「……わかりました。なんとかします」

「よかった。君だったら、彼の力になってくれると思った」

野田はほっとしたように言ってから、ポケットの中に手を入れ、小さな箱を取り出した。

その箱を開け、用心深そうに指でつまんで取り出したものを見て、十和子は困惑しきった。

「野田さん、それは?」

「指輪だ」

「指輪はわかりますが、なぜ、今、そんなものを持ちだすんです?」

今のふたりの間には相応しくない小道具だ。しかし、野田は十和子の険しい表情も気にせずに指輪を突きだした。指輪の先端にはトルコ石が嵌められている。鮮やかな青は夏空のようだ。

「これは君のものになる予定だったと思う」

「わたしのものになる予定?」

不可解極まりない発言に、ただでさえ寄った眉間の皺が深くなる。

「意味のわからないことをおっしゃらないでください」

「千住くんが持っていたものなんだ」

野田の両目には、確信した者だけが宿す強い光があった。十和子は圧倒されて、束の間絶句する。

「千住くんが助けられたとき、ポケットに入っていたそうだ」

「……それがなぜわたしのものだとわかるんです?」

胸が苦しい。そんなことがあるはずないと思っているのに、野田の次の言葉が恐ろしくてたまらない。

「この指輪についている石は君の誕生石だよ」

「……わたしの誕生石？」

　生まれ月を象徴する宝石があることは知っている。米国から伝わったのだ。

「トルコ石は十二月の石だ」

　野田が指輪をちらつかせる。蟬の合唱がひときわ大きくなった。

「君が金を用意してくれたら、これを代わりにあげよう」

　その指輪になんの意味があるのかと思いながら、だがどうしても目を離せない。

　野田は指輪を箱に入れた。

（今見たばかりなのに）

　まるで夢幻（ゆめまぼろし）のようだ。野田がポケットに入れたら、あの石は淡雪のように溶けてなくなるのではないか。

「一週間後だ。場所はまた指定する」

　野田の要求に機械的にうなずくと、十和子は写真に視線を落とした。

（一哉さんが生きている）

　どこかで笑っているのだろうか。この写真のように。

いつしか野田は去っていた。

蟬の大音声(だいおんじょう)に包まれ、暑さを忘れ、まるでこの世とあの世の端境(はざかい)にいるような心地で、十和子はじっと座っていた。


野田と会った翌々日。

夜闇に最後の客を一礼して見送り、頭を上げたところで、店に近寄る桐谷と目が合った。呼びつけたのは自分なのに、ひどく緊張する。

「い、いらっしゃい」

「何か食うものがあれば、ありがたい」

心なしか元気がないように見えるのは、空腹だからだろうか。

「ご注文は？」

「ライスカレーにしてくれ。楽に食べられるやつがいい」

口を動かすのも億劫(おっくう)という顔つきに、十和子は迷いを覚えた。疲れているときに借金の話を持ちだすのはためらわれる。

引き戸を大きく開いて桐谷を招き入れると、ハルが暖簾から顔を出す。

「ライスカレーですって」

「はいはい」

ハルがくすりと笑ってから、厨房に引っ込む。ルゥはできているから、仕上げをするだけだ。あっというまに完成するだろう。

桐谷が座ったテーブルに、おしぼりや麦湯を運んでいるうちに、ライスカレーができあがる。

「大盛りにしといたから」

「ハルちゃん、残ったごはんを全部のっけたの？」

皿の上のごはんは富士山の形だった。隅にふかしたジャガイモと茹でたにんじんが添えられている。

カレーポットにはカレーが入っている。粉っぽさをなくすため、長時間炒めたカレーのルゥをスゥプストックと馴染ませて柔らかくし、さらに濾すことでなめらかにしている。きちんと手間がかけられた、ななつぼし洋食店人気の一品だ。

「お待たせしました」

お盆に載せたごはんとカレーを提供する。

桐谷が目を丸くした。

「……すごい量だな」

「ハルちゃん、太っ腹だから大盛りにしたそうです」

桐谷の驚いている顔に、十和子は笑みを漏らした。

「お腹減ってらっしゃるでしょう。どうぞ」

笑いを滲ませながら言うと、桐谷がカレーをごはんに少しずつこぼしていく。

「めしが減らないと、皿からあふれそうだぞ」

とぼやきながら、スプーンでひと口すくった。

口に運ぶと、満足そうにうなずく。

「うまい」

「よかった」

桐谷の対面に座って、彼がライスカレーを平らげていく様子を見守る。

(料理をおいしそうに食べてもらうって、なんて幸せなんだろう)

自分が作った料理が誰かの明日の源になる。

それは幸せで光栄なことだと一哉は言っていた。

「……どうした？」

「ライスカレーのルゥってまとめて作っておくんです」

「それで？」

「それって、つまり、明日も明後日もお店をやるぞっていうことに繋がるんだって、一哉さんが言っていたんです」

「ルゥを使い尽くすまで店を営業するという意味なのか?」

「……たぶん」

十和子がうなずくと、桐谷がしばらくスプーンを止めた。

「……桐谷さん?」

「店を守るぞという気持ちでルゥをこしらえていたんだろうな、彼は」

桐谷に見つめられて、十和子は瞳を揺らしてから、うなずいた。

「おそらく、そうだと思います」

十和子はそれだけ言うと、口をつぐんだ。

桐谷はしばらく待つ姿勢でいたが、十和子が何も言わないので、スプーンを動かし出す。ごはんの山を食べ尽くすと、さすがに桐谷は苦しそうにしている。

洗い物をしていたハルが待ちわびていたように出てきた。

「ねえ、十和ちゃん。花火をもらったから、社長さんと一緒にやったら?」

テーブルに近寄ってきた彼女が紙袋を差し出す。中にはたくさんの線香花火とマッチと蠟燭(ろうそく)が入っていた。

「この花火を？」

「夏は花火じゃないの」

とハルはうきうきとして言う。

「確かに、夏は花火の季節ね」

「一緒にやりなよ」

「ハルちゃんは？」

「あたしはお邪魔虫になるほど野暮じゃないよ」

ハルは手を小さく振ると、厨房に戻っていく。十和子は桐谷と顔を見合わせた。

「せっかくだから、やるか」

「……はい」

なんだかおかしなことになったと思いながら、十和子は桐谷と外に出た。

外の風が涼しくて、ほっとする。どこかからざわめきが聞こえるのは、縁側でくつろいでいる人たちがいるからだろうか。

彼は蠟燭を取り出していったん地面に置くと、マッチに火をつける。蠟燭に火を移し、溶けた蠟を地面にこぼすと、蠟燭を器用に立てた。

「桐谷さん、お上手ですわね」

「誰でもできるぞ、これくらい」

あきれたように言うと、彼が十和子に線香花火を一本手渡した。

「花火に火をつけるくらいはできるな」

「まあ、それくらいできますわ」

唇を尖らせた。あからさまに物知らず扱いされると、さすがにむっとする。

「では、先にするといい」

笑いながら言われて、十和子は蠟燭のそばにしゃがむと、花火の先に火をつけた。ぱちぱちと散る小さな火花が愛らしい。

「……きれい」

小さく丸まっていく火玉を見ていると、ほんのりと笑みが浮かぶ。

火玉が重さに耐えかねたようにぽとりと地面に落ちると、一転して寂しさを誘われた。

「……玉が落ちると、もったいない気がしますよね」

「じゃあ、次は火の玉をもっと大きくできるようがんばってみるんだな」

からかうように言われ、十和子はむきになってうなずいた。

「ご覧あそばせ」

軽く袖をめくって、十和子は腕を動かさないように花火の先端に火をつける。じっとしていると、桐谷が近くにしゃがんで、花火に火をつけた。

じりじりと火の玉が大きくなる。

闇の中でふたり並んで花火をしていると、一哉のことを思い出した。

「……わたし、一哉さんと花火をしたことがあるんです」

「夜に出歩いたのか？」

桐谷の驚いた様子に苦笑してしまった。

「出歩けないから、お昼間にしました」

別邸住まいの間、家族のうるさい目は逃れたが、だからといって、夜の外出ができたわけではない。夕刻の門限をきちんと守り、節度を守った上でななつぼし洋食店に通っていたのだ。

「一哉さんが、夜は無理だから、昼間に花火をしようと誘ってくれたんです」

午後の明るい陽射しの下でした線香花火は、今と同じように玉を結んでいたけれど、ひどく弱々しく見えた。今、集まっていく火は小さいけれども、目を離せないほど存在感に満ちている。

（……助けなきゃ）

一哉を助けなければならないと十和子は唇を引き結ぶ。

「……桐谷さん」

そこでいったん言葉を切った。この間に続いて、またもやそんな借金を申し込むなんて、図々しいにもほどがある。

三百円は大金だ。

（だけど、時間がない）

もう頼れる相手が他にいない。

（真実を告げないで、お金を借りるなんて……）

そのことにも罪悪感を覚える。

だけど、一哉を助けられるのは十和子だけなのだ。新しい人生の後押しを、他の誰でもない自分がしなければならない。

「お、お金を貸していただきたいんです」

思いきって口に出すと、全身から力が抜けそうになった。

どう思うだろうかと心配になって桐谷を見れば、表情を変えずに見つめ返してくる。

「いくら欲しいんだ？」

「さ、三百円」

具体的な金額を告白するときは、さすがに声が震える。

（理由を訊かれるかしら）

きっと、あきれ果てているだろう。

もう十和子を妻にしようという気持ちだって、なくなってしまうのではないか。

「わかった。明後日、持ってこよう」

まるで何事もなかったかのように言われて、十和子は口をぽかんと開けた。

「どうした？」

「だ、だって、あの……」

「困ったときは相談しろと言っただろう」

桐谷が花火の先に火をつける。

パチパチと散る火花を桐谷が静かに眺めている。穏やかな横顔からは、何を考えているのかさっぱり伝わってこない。

桐谷の本音が知りたい。けれど、訊くのは怖くてたまらない。

（ごめんなさい）

心の中で詫（わ）びて、彼の沈黙に身を委（ゆだ）ねる。

十和子は桐谷と同じように花火をひたすら凝視していた。

また日曜日が巡って、十和子は野田に指定された場所に向かった。

今度は隅田川沿いに建つ倉庫だ。

隅田川の両岸は、震災で崩れた橋の工事がいまだに続いている。川は渡し船や運搬船が盛んに行き交って、眺めていると飽きない。

しかし、十和子は気もそぞろに指定された倉庫に向かった。

立ち並ぶ倉庫の中、とある扉の取っ手に、赤いハンカチーフが巻かれている。

「ここでいいのよね」

ボストンバッグを持っている右手に力を入れる。中には桐谷に借りた三百円が詰め込まれていた。

(なんだか、以前読んだ探偵ものの本みたいだわ)

その本では、愛娘を誘拐された母親が犯人に指名されて身代金を運ぶ係になっていた。

血相を変えて金を運んでいる十和子の今の状況は、本の中とよく似ている。

(運んでいるのは、身代金じゃないけれど)

一哉の未来のための金だ。何も落ち込んだりする必要はない。

虚勢だった。けれど、そう考えでもしないと、胸の奥がぽっかりと空いたような気持ちを自覚させせられるばかりだった。

十和子は倉庫の扉を引いた。中に一歩足を踏み入れると、両脇には人が入れそうなほど大きな箱が積みあがっている。壁を囲むように二階部分があり、採光用の窓が設けられていた。

「来てくれたんですね」

倉庫の奥には、野田がいた。眼鏡の奥の瞳が狡猾そうに動く。

「ご指定どおり、ひとりで来ましたわ」

「ありがとうございます」

野田の言葉遣いは慇懃だが、十和子を軽んじる響きが隠しきれていなかった。そのことに不安を覚えながら、十和子はバッグを見せつけるように両手で身体の前に差し出す。

「お金です」

「助かります。きっと千住くんも喜ぶ――」

「そのお金をあげてはだめですよ」

穏やかな制止がかかって、十和子はびくりと肩を揺らした。身体をひねると、少し離れた場所に初老の男が立っていた。

「望月さん……」

望月は、黙って本でも読んでいると、まるでどこかの博士のような理知的な風貌をしている。彼は、十和子が一哉を捜すときに頼った探偵事務所の所長だった。

　唇の脇に深い皺を刻んで、望月が問う。

「なぜ、お金を渡すんですか？」

「だ、だって、一哉さんが生きているんです。野田さんが、一哉さんが生きているって教えてくれて……。今、故郷にいて、お店を開くんだそうです。そのためのお金を――」

「野田くんが一哉くんと接触しているはずがないんですがね」

　望月はあくまで穏やかだ。

　手を後ろに回して、にっこりと笑う。

「彼は、数カ月前に九州から東京に帰ってきたんですよ。東京に来てからは、遠出した様子はないと下宿の管理人が教えてくれました。それに、交友関係を調べましたが、最近、一哉くんと逢ったという情報はありません」

「え？」

　十和子が首を傾げると、望月が少し悲しそうに笑った。

「桐谷氏に頼まれたんですよ。あなたの様子がおかしいから、調べてみてくれないかって」

　積みあがった箱の陰から桐谷が出てきた。

勝手気ままに走り回る我が子を見つけたときのように眉を吊り上げた。

「桐谷さん」

「君という娘は何をしているんだ」

「……ごめんなさい」

十和子が頭を下げると、桐谷は厳しい表情を崩して深いため息をついた。

「心配したぞ。よからぬことに首を突っ込んではしないかと」

「桐谷氏は木村(きむら)さんに頼んで帳簿を見たそうですよ」

「え？」

望月に首を傾げると、彼が桐谷に訊けと言うように手を向ける。桐谷が気まずそうに鼻の頭をかいた。

「初めて借金を申し込まれたときに、帳簿を確認した。金を借りるほど店の経営は困っていないから、おかしいと思ったんだ」

言葉も出せずに驚く十和子をにこにこしながら眺めている望月は、その顔を野田に向けた。

「あなたがお金を必要としているのは、活動のためですか？」

十和子はすばやく野田を見た。彼は頬を引きつらせている。

「活動ってなんですか?」

十和子の疑問を望月はすらすらと解く。

「野田くんは左翼活動家なんですよ。一哉くんともそのときに知り合ったようですね」

「野田さんが左翼活動家……」

繰り返すと、じわじわと言葉の意味が頭の内に浸透していく。

よくよく考えれば、帝大生の野田と料理人の一哉は接点に乏しいふたりだ。しかし、一哉は普選拡大の集会に時折参加していたから、きっとそのときに知り合ったのだろう。

「もしかして、写真は集会のときに撮ったんですか?」

十和子の質問に、野田はしばらく動きを止めてから、あきらめたようにうなずいた。

「……そうだ」

「まさか、写真は震災以前のものなんですか?」

「……ああ」

野田の答えに十和子は視線を地面に落とした。

(昔の写真だなんて)

だとしたら、答えはひとつしかない。

「……最近、一哉さんと逢ったというのは嘘なんですか?」

十和子の質問に、野田は身じろぎしてから、小さくうなずく。

「そんな」

足から力が抜ける。手からも力が抜けて、バッグが床にどさりと落ちた。

顔を掌で覆うと、すぐそばに人の気配がした。手をはずすと、桐谷が立っている。両肩を支えられて、言葉を失い彼を見つめた。

桐谷は十和子を安心させるように手に一瞬力を入れてから、怒りをみなぎらせて野田をにらんだ。

「どうして金が必要だったんだ?」

野田は口を一文字に結んで答えない。

望月が飄々と割って入る。

「なんにせよ、活動するとなると、金が要りますからね。治安維持法が成立してからこのかた、左翼活動はますます厳しく取り締まられていますから」

そこで言葉を切ると、好々爺のように目を細めた。

「地下に潜った仲間を養うにも金が必要ですから」

張りつめた野田の空気が、一瞬断たれた。

疲れたようにうつむく野田に、望月があくまで穏やかに問いかける。

「どうして十和子さんを狙ったんですか？」

野田が皮肉げな笑みを浮かべた。

「店に行って、千住くんのことをたずねたら、彼女はいつも言っていた。千住くんが帰らないと。……震災からもうすぐ二年になる。もうあきらめてもよさそうなのに、そうしないのは、彼が大切な存在だからではないかと予想したんだ」

野田の指摘に心臓を握られたような痛みが生まれる。

（……あきらめるべきなの？）

心の奥底ではじりじりと覚悟がつき始めているのだ。けれど、その覚悟に従いたくなかった。

（だって、わたしがあきらめたら、一哉さんは帰ってこられない——）

「それで、僕をどうする気なんですか？」

野田は投げやりな笑みを浮かべている。

「どうします？」

望月が興味を失ったように桐谷に問う。桐谷は侮蔑の眼差しを野田に与えた。

「どうもしない。金を持って去れ。二度と彼女に近づくな」

呆気にとられた十和子だが、野田も息を止めている。

「それでいいんですか？」

背後から聞こえる望月の声に、桐谷は横柄にうなずいた。

「かまわない」

桐谷は十和子の足元に落ちたバッグを拾うと、野田の前に投げた。

野田は一歩も動かない。

「……君は仲間を助けたいんじゃないのか？」

桐谷のひと言に、野田はバネで弾かれたように動きだした。

厳しい表情でバッグを拾うと、十和子たちの側に歩いてくる。十和子の斜め前に来ると、足を止めてポケットから小箱を取り出した。

「約束の指輪だ」

十和子は一瞬躊躇し、それから箱を受け取る。

「……この指輪は本当に一哉さんのものなんですか？」

「……震災の前、千住くんからたずねられた。指輪を作りたいが、いい店を知らないかとね。僕もそんな店は知らないから、荒瀬くんにたずねた。そして、紹介してもらった銀座の宝石店に連れていったんだ」

思いもよらぬ打ち明け話に、喉を鳴らしてから聞き入る。

「千住くんが誰のために指輪を作ったか、僕は知らない。指輪を頼んだことも秘密にしてくれと千住くんから言われた。だから、その指輪を誰にやるつもりだったのか、本当はわからないんだ」

「千住氏の指輪をなぜ君が持っている？」

桐谷の質問はもっともだった。

野田が眼鏡の位置を修正してから答えた。

「……震災後、炊き出しを手伝った帰りに銀座を通ったら、店の店員に呼び止められたんだ。千住くんが指輪を一向に受け取りに来ない。僕から渡してほしいと頼まれた」

「銀座のお店なのに、杜撰（ずさん）ですねぇ」

望月がのんびりと口を挟む。

野田はため息まじりに答えた。

「震災後、いろいろと混乱していたためだろう。約束していたのに客が来ないから、顔を知っていた僕に渡したんだと思う。しかし、僕だって困ったんだ。指輪を渡す相手はわからずじまいだし、実家にも帰らなければいけない。だから、指輪はずっと手元に置いていた」

「渡す相手がわからないのに、なぜわたしに？」

　十和子の問いに、野田はじっと見つめてきた。

「それは指輪を見てくれればわかる。僕は君のものだと確信した」

　指輪の入った箱と十和子を見比べてから、野田は軽く頭を下げる。

「ライスカレー、うまかった。ありがとう」

「……また、お越しください」

　野田があきれたような顔をするから、十和子は小さく微笑んだ。

「ライスカレーはいつでも食べられますから」

　野田はバッグを抱きしめると、足早に十和子のそばを通り過ぎる。倉庫の扉が開かれ、また閉められる音がしたところで、桐谷から肩を叩かれた。

「帰るぞ」

「桐谷さん、わたし――」

「君を怒るのは後回しだ。とにかく、早く帰ろう」

「埃っぽいですしねぇ」

　望月がのんびりと歩き出す。

「おふたりとも、どこから入ってきたんですか？」

　物音なんてしなかったのにと問うと、望月が指を二階に向けた。

「外に階段があったんですよ。それで、二階からこっそりと」

「まあ、望月さんって忍者みたいですわね」

「どうでもいいから、早く出るぞ」

桐谷にいくらか強引に手を引かれ、面食らいながらついていく。

望月と別れ、桐谷が運転する車に乗せられて、ななつぼし洋食店へ帰宅するころには、午後も遅い時間になっていた。

店の前で降りると、十和子は運転席にいる彼に頭を下げた。

「……ご迷惑をおかけしました」

「君といると、胃袋が熱くなったり冷たくなったり、大忙しだ」

「桐谷さん」

彼は一瞬黙ってから、十和子をじっと見つめた。

「指輪は大事にするんだ」

「桐谷さん？」

「いいな」

念押しされて、こくんと首を動かした。

桐谷が少しだけ頬を緩める。

「もうすぐ川開きだ。そしたら花火を見に行こう」

十和子はまた、こくんとうなずく。

桐谷は唇を開きかけ、結局はまた引き結ぶ。

「桐谷さん？」

「それじゃ、川開きの日に迎えに来る」

それだけ言うと、ハンドブレーキを解除して車を発進させる。涙目になってしまうのを排気ガスのせいにして、十和子は彼の車が小さくなるのを見送った。


七月二十五日の川開きは、相変わらずどこもかしこも大混雑していた。川には遊覧船が並び、川岸の特等席も満杯、周辺のお座敷、橋や道路にも人があふれてたいへんな賑わいだ。

「なんだったら遊覧船を手配したのに」

と人ごみに辟易(へきえき)した顔で桐谷が言う。

「いいんです。ここで」

川岸の道路は、赤ん坊の泣き声や子どもの叫び声にそれを叱る母親の怒声がまじって、すさまじくうるさい。しかし、十和子はこの人波に混じって花火を見てみたかった。

お金と伝手がないと遊覧船には乗れないのだから、もしも、一哉と花火を見に来たら、混雑の中で見物することになっただろう。

「しかし、すごいな。つぶされないようにするんだぞ」

すぐそばに立たれて、十和子は頰が火照るのを感じながら、うなずく。そうこうしていると、開始の合図のように金色の花火が黒々とした空に打ち上がった。

どよめきが周囲から起きて、十和子も空を見上げる。赤い花、白い花、青い花など大輪の花たちが空を彩った。

「きれい……」

十和子は口を開けて花火を見上げた。

周りの人たちもみんな空を見ている。

不幸な人も幸せな人も、この時だけは一様に空を見る。それがひどく不思議で、そして感慨深い。

小さな花火が連続して打ち上げられる。鮮やかな色の競演を眺めていると、ふと脳裏にトルコ石の指輪が浮かんだ。

桐谷に送ってもらったあと、部屋で指輪をこっそりはめてみた。指輪はあつらえたように薬指にぴったりで、空を切り取ったような青い石が引きこまれそうに美しかった。

指輪の内側に刻まれたTというアルファベットが何をあらわすのか、わからない。

（いいえ、わからないんじゃない）

指輪をはずすと小箱に大切にしまった。

様々な想いを閉じ込めるように。

今度は空を覆う網のように大きな花火が上がって、歓声がひときわ大きくなる。

こぼれた涙が顎から地面に落ちた。

一哉と花火を見に行ったなら、こんなふうだっただろうと思う。けれど、今の十和子は一哉がそばにいたときと同じではない。あのときはいなかった桐谷が、心の中に確かな居場所をつくっている。

そっと伸ばされた大きな手が十和子の手を包む。温かな肌の感触に、また涙がこぼれた。

空には幾重にも大輪の花が咲く。ふたりは支え合うように手をつなぎ、空で繰り広げられる光の競演に見入っていた。

参考文献

『関東大震災』吉村昭 著（文藝春秋）
『図説 関東大震災』太平洋戦争研究会 編（河出書房新社）
『大正という時代「100年前」に日本の今を探る』毎日新聞社 編（毎日新聞社）
『大正文化 帝国のユートピア 世界史の転換期と大衆消費社会の形成』竹村民郎 著（三元社）
『大正文化』南博 社会心理研究所 著（勁草書房）
『華族令嬢たちの大正・昭和』華族史料研究会 編（吉川弘文館）
『華族家の女性たち』小田部雄次 著（小学館）
『華族 近代日本貴族の虚像と実像』小田部雄次 著（中央公論新社）
『ある華族の昭和史 上流社会の明暗を見た女の記録』酒井美意子 著（講談社）
『女学校と女学生 教養・たしなみ・モダン文化』稲垣恭子 著（中央公論新社）
『大正ロマン 東京人の楽しみ』青木宏一郎 著（中央公論新社）
『物価の文化史事典 明治・大正・昭和・平成』森永卓郎 著（展望社）

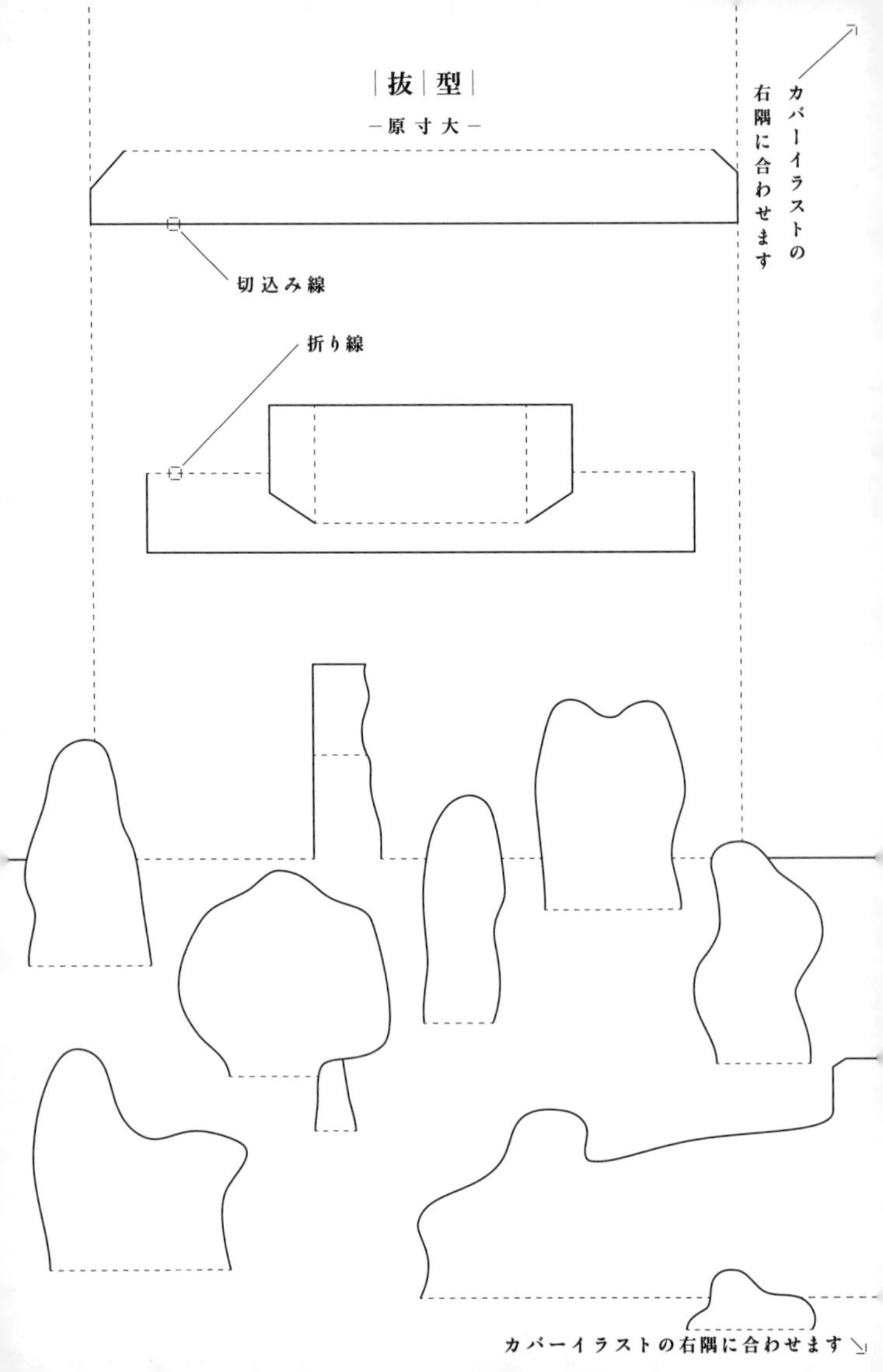
抜型
―原寸大―
カバーイラストの右隅に合わせます
切込み線
折り線
カバーイラストの右隅に合わせます

本書のカバーイラストは
起こし文（おこしぶみ）（立体的な情景画）にして
お楽しみ戴けます。

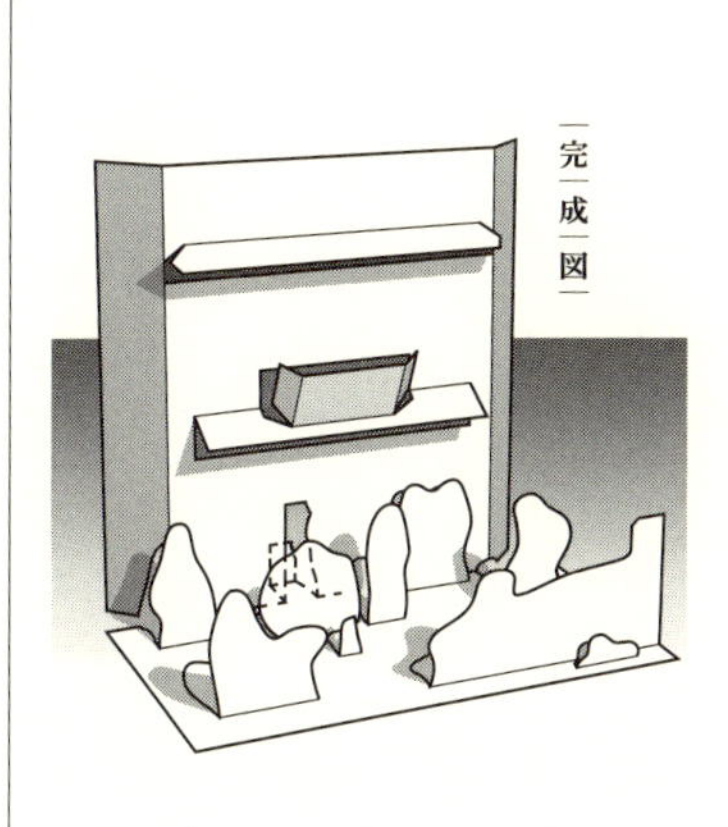
完成図

1
カバーイラストを紙にコピーします。
（なるべく厚めの紙がおすすめ）

2
右ページの抜型を紙にコピーします。
（なるべく薄めの紙がおすすめ）

3
①の紙の上に②の紙の右隅を合わせて重ね、
テープなどで固定します。

4
抜型の「折り線」に定規を合わせて、
ボールペンの先端で強めになぞり、
①の紙に折り筋を付けます。

5
抜型の「切込み線」に沿って
カッターで切込みを入れて、
①の紙も同時に切っていきます。

6
加工の終わった①の紙を、
完成図に従って折り込めば完成です。

起こし文®について詳しくは、ウェブサイト‖http://okoshibumi.2p5.jp‖をご覧ください。〈おこしぶみ〉で検索

※この作品はフィクションです。実在の人物・団体・事件などにはいっさい関係ありません。

集英社オレンジ文庫をお買い上げいただき、ありがとうございます。
ご意見・ご感想をお待ちしております。

●あて先
〒101-8050　東京都千代田区一ツ橋2-5-10
集英社オレンジ文庫編集部 気付
日高砂羽先生

ななつぼし洋食店の秘密

2015年11月25日　第1刷発行

著　者　日高砂羽
発行者　鈴木晴彦
発行所　株式会社集英社
〒101-8050東京都千代田区一ツ橋2-5-10
電話【編集部】03-3230-6352
【読者係】03-3230-6080
【販売部】03-3230-6393（書店専用）
印刷所　凸版印刷株式会社

※定価はカバーに表示してあります

ISBN 978-4-08-680048-8 C0193

集英社オレンジ文庫

今野緒雪

Friends

美大に通うカスミには、高一以来の
親友・碧がいる。昔は双子のよう
だったが、碧の身長が伸びてしまい、
今は全く似ていない。碧といつも
一緒にいるから恋人ができないのだと
友人に指摘されたカスミは…。

紙上ユキ

金物屋夜見坂少年の怪しい副業

金物屋を生業としている夜見坂少年。
しかし、副業の「まじない業」のほうが
繁盛している。ある日、男爵家から
呪殺阻止の依頼が舞い込み…？

集英社オレンジ文庫

野梨原花南

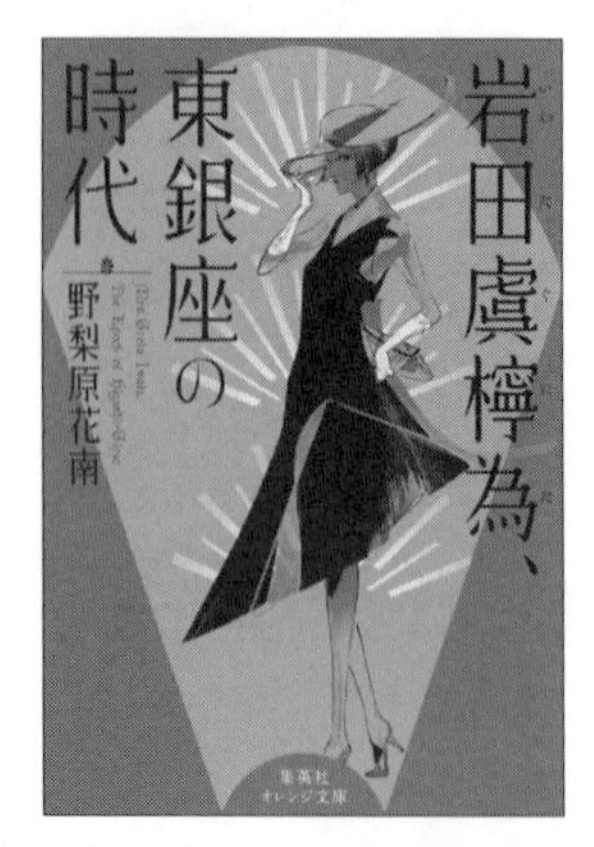

岩田虞檸為、東銀座の時代

突然、天涯孤独になってしまい、
途方に暮れる高校生の万丈は、
父の指示通りに東銀座の古ビル
「ガルボビル」へ向かった。そこにいた
祖母の「石さん」とちょっと不思議な
仕事を始めることになり…!?